« Vous écrirez '' télégr[...] [...]
prophétisait Céline dans [...] [...]
ans auparavant Blaise [...] [...]
maxime avec son écrit[...] [...]
pour autant dans les tra[...] [...]
nages et ses actions dans leurs moments de plus grande intensité
et de plus grande violence, balayant tout académisme d'un revers
de la plume.

Cendrars bouscule la phrase, se joue des rythmes, précipite les
mots. Parfois un mot seul reste accroché sur la ligne, renforçant
l'émotion qu'il véhicule, parfois la phrase ondule naturellement.
Cendrars est inattendu dans son style aussi bien que dans le
déroulement de sa vie. Il surprend toujours. Quel est ce style au
juste ? Celui d'un poète, d'un romancier, d'un reporter ? Tout
cela à la fois, tantôt grave et lyrique, tantôt désarticulé, tantôt
technique et informatif. Et ces styles de narration se retrouvent
d'un livre à l'autre, que ce soit *La Prose du Transsibérien et de la Petite
Jeanne de France* qu'il écrit en 1913 ou *La Création du Monde*, un bal-
let qu'il a composé, mis en musique par Darius Milhaud avec des
décors de Fernand Léger. *Feuilles de route, L'Or, L'Eubage, Moravagine, Dan Yack, Rhum, La Vie dangereuse, Panorama de la Pègre, Histoires vraies,* et un peu plus tard, entre 1944 et 1950, ses poésies
complètes, *L'Homme foudroyé, La Main coupée, Bourlinguer, Le Lotissement du ciel* et *Emmène-moi au bout du monde…* pour ne citer que
quelques titres parmi tant d'autres, extraits d'une œuvre considérable qui lui valut le Grand Prix de la ville de Paris avant de mourir, le 20 janvier 1961, et qui nous parle de départs, de voyages,
de liberté, de bagarre, de grand large, d'amour de la vie, d'aventures, de rencontres, de témoignages. « Je connais le monde,
disait-il, j'ai vu le monde, je peux parler du monde !… Eh bien, le
concierge de l'hôtel où j'habite, qui est à la page, a dit à un journaliste venu aux renseignements : M. Cendrars est un homme du
monde ! » Voilà bien le Cendrars narquois avec son air finaud,
son visage coloré à l'œil ironique et tendre sous le béret, une cigarette au coin de la lèvre. Cet infatigable buveur à la santé
radieuse avait autrefois quitté famille et patrie à l'âge de quinze
ans. On se souvient des vers de son *Transsibérien* :
« En ce temps-là j'étais en mon adolescence
J'avais à peine seize ans et je ne me souvenais plus de mon enfance
J'étais à seize mille lieues du lieu de ma naissance
J'étais à Moscou… »
Et voilà déjà Cendrars au cœur du monde. Après la Russie,
l'Asie, voici l'Inde et la Chine qu'il parcourt entre 1903 et 1907.

(Suite au verso.)

Quand il revient en France c'est pour se lier avec Gustave le Rouge, un écrivain populaire, et la bande à Bonnot. Pas longtemps, on le retrouve bientôt à Bruxelles, à Londres où il est jongleur — car naturellement il fait tous les métiers. Juste le temps de rencontrer Charlie Chaplin et la route le reprend : la Russie, le Canada, les Etats-Unis. Il est loin de La Chaux-de-Fonds où il naquit en 1887.

Une halte, Paris ! Le tout jeune homme de vingt-quatre ans va se lier d'amitié avec Chagall, Max Jacob, Fernand Léger, Soutine, Modigliani, et fréquenter les anarchistes, la bohème et le « milieu » comme on disait alors. Mais très vite la guerre est déclarée et il s'engage dans la Légion étrangère. Grièvement blessé, il est amputé d'un bras. Entre 1926 et 1929, il est difficile de le suivre : l'Argentine, le Paraguay, le Brésil, la France : « J'aime beaucoup trop les longs voyages en mer pour songer à travailler. C'est l'apothéose de la fainéantise, un triomphe que de ne rien faire alors que le bord bouge, que le navire se déplace, que la machine cogne, que l'océan s'agite, que le vent siffle, que la terre tourne avec le ciel et les étoiles et que tout l'univers se précipite et s'ouvre pour vous laisser passer ».

L'aventurier s'offre quelques grands reportages encore durant son séjour à Paris de 1930 à 1940. Il est correspondant de guerre auprès de l'armée anglaise en 1939. Pendant l'occupation, il vit à Aix-en-Provence, et après la Libération à Villefranche-sur-Mer, jusqu'en 1949. Pour finir, il retrouve une dernière fois Paris, ses amis, les poètes, les peintres, les habitués des cafés. Il se souvient, il médite : « La littérature fait partie de la vie... Toute vie n'est qu'un poème, un mouvement. Je ne suis qu'un mot, un verbe, une profondeur dans le sens le plus sauvage, le plus mystique, le plus vivant ».

Blaise Cendrars, mort en 1961, aura été un conteur, un conteur fabuleux, celui qui mêle la réalité et l'imaginaire. Et il fallait être cela pour raconter la vie aventureuse de Jean Galmot dans *Rhum*, publié en 1930, ce Jean Galmot, mort à Cayenne le 6 août 1928, probablement empoisonné par un bouillon créole, sur l'ordre de qui ? Cendrars cherche, enquête, relit les journaux, les comptes rendus de l'époque, rencontre les témoins survivants. Jean Galmot, journaliste, député de la Guyane mais surtout industriel, redoutable homme d'affaires, chercheur d'or, écrivain, amoureux de la forêt et ami des indigènes, gênait beaucoup trop de monde...

Quelle est la part d'exactitude dans l'évocation de son héros ? Comment croire et ne pas croire le conteur ? Cendrars disait : « Plus un papier est vrai, plus il doit paraître imaginaire », et : « L'écriture n'est ni un mensonge, ni un songe, mais de la réalité et peut-être tout ce que nous pourrons jamais connaître du réel ». Alors, fiction ou fantasme, peu importe ! Pour reprendre le titre de son dernier roman : emmène-moi au bout du monde !

Nicole Chardaire

BLAISE CENDRARS

Rhum

L'AVENTURE DE JEAN GALMOT

BERNARD GRASSET

ŒUVRES DE BLAISE CENDRARS

JE DÉDIE
CETTE VIE AVENTUREUSE
DE JEAN GALMOT
AUX JEUNES GENS
D'AUJOURD'HUI
FATIGUÉS DE LA LITTÉRATURE
POUR LEUR PROUVER
QU'UN ROMAN
PEUT AUSSI ÊTRE UN ACTE

B. C.

I

L'HOMME QUI A PERDU SON CŒUR

C'est une étrange histoire...

Jean Galmot, qui fut député de la Guyane, après avoir été chercheur d'or, trappeur, trusteur de rhum et de bois de rose, journaliste aussi, a nettement accusé, avant de rendre le dernier soupir, ses ennemis politiques et privés de l'avoir fait empoisonner par sa bonne, Adrienne.

Trois experts médicaux ont été commis pour examiner l'affaire : les docteurs Desclaux et Dervieux, et le professeur Balthazard.

M. Kohn-Abrest, directeur du laboratoire de toxicologie, a été chargé de procéder à une contre-expertise.

Et l'on s'est alors aperçu que le cœur de Jean Galmot n'était plus là!

On présume qu'il est resté en Guyane.

« Mon cœur ne vous quittera jamais! » avait déclaré Jean Galmot à ses électeurs guyanais, dans une de ses proclamations enflammées dont il avait le secret et qui l'avaient rendu si populaire sur la terre du bagne et de l'Eldorado.

Se conformant à la volonté du mort, des amis fidèles de Galmot auraient-ils subrepticement ravi ce viscère aux enquêteurs?

Ou bien une administration peut-être trop négligente ou trop occupée a-t-elle égaré le cœur au fond de quelque tiroir ou de quelque dossier?

En matière d'empoisonnement, le cœur est un organe trop important pour que les médecins experts s'en puissent désintéresser.

On va donc le rechercher. Mais le retrouvera-t-on? Et dans quel état?

Il est invraisemblable, en tout cas, que la Justice l'ait oublié là-bas...

On se demande si la Justice — celle de la Guyane, s'entend — n'a pas pris toutes ses mesures pour que la lumière ne puisse jamais être faite sur le drame mystérieux où disparut Jean Galmot?

Déjà les pièces à conviction — elles rem-

*plissent trente-cinq caisses — avaient été per-
dues. On a amené en France des témoins et des
complices, mais les principaux accusés, ceux
que l'opinion publique dénonce comme tels, sont
laissés en Guyane en liberté provisoire.*

Cet entrefilet, dans un journal de l'an dernier, portait ce titre : *L'homme qui a perdu
son cœur,* et ce sous-titre : *Thémis a égaré le
cœur de Jean Galmot. Bonne récompense à qui
le rapportera.* On ne peut pas le lire sans en
être impressionné...

Depuis l'an dernier, beaucoup d'eau a coulé
sous les ponts. Un procès va avoir lieu, qui n'est
pas fait pour éclaircir les circonstances suspectes
à la suite desquelles Jean Galmot mourut. On
y jugera des partisans, quelques galmotistes
guyanais pour lesquels cette mort a été un deuil
national et une injustice impossible à supporter
et qu'il fallait venger. Ce sera miracle si on ne
s'en prend pas à Jean Galmot lui-même, seul
responsable, somme toute, de la perfidie et de la
déloyauté de ses adversaires...

Or, lui, n'est plus là. On veut étouffer l'af-

faire. Un de ses livres porte ce titre troublant :
Un mort vivait parmi nous. Et voilà que son
cœur, son cœur mort, disparaît comme le sac
d'une jolie femme ou un portefeuille... Et cette
disparition fait parler les journaux. Ils n'en par-
leront jamais assez...

Jean Galmot.
La vie d'un homme!
Par quel bout commencer?
Je l'ai rencontré en 1919.
Je n'étais pas sans connaître la légende de
Jean Galmot. On n'a pas vécu comme moi durant des années dans les coulisses du monde des
affaires, dans ce que j'appelais vers la fin de la
guerre *la bohème des finances* (c'est d'ailleurs
tout ce qui restait à ce moment-là du Quartier
latin) sans connaître son Paris. J'entends par là
non pas, tenu à jour, le Bottin des couchages
mondains, mais les secrètes combinaisons des
démarcheurs et des banques qui portèrent sou-
dainement au pinacle du populaire ou vouèrent
à la géhenne publique des affaires telles que la
liquidation des stocks américains, le consortium
international des carbures, la spéculation sur les
mistelles, le marché Sanday, la Royal Dutch, le

scandale des changes et de la Banque Industrielle de Chine.

Et Jean Galmot?

Quelle légende!

En 1919, Jean Galmot passait pour avoir des
millions. Des dizaines ou des centaines? Je n'en
savais rien. Mais il avait du rhum! De quoi remplir le lac Léman ou la Méditerranée! Il avait
aussi de l'or, en poudre, en pépites, en barres!
Comme tous les profiteurs, les spéculateurs, les
nouveaux riches de France achetaient des châ-
teaux, on en attribuait des douzaines à Galmot.
C'était une espèce de nabab, de gospodar, qui
faisait une noce à tout casser et qui avait plus de
femmes que le Grand Turc!

Qui était-il?

Un aventurier, député.

D'où sortait-il?

De la Guyane.

Et les potins d'aller bon train.

Comme il fréquentait volontiers les salles de
rédaction et qu'il aimait à s'entourer d'écrivains
et d'artistes, on se chuchotait des infamies sur
son compte. C'était un ancien pirate, il s'était
fait proclamer roi chez les Nègres, il avait assas-

siné père et mère. C'était encore un brasseur
d'affaires, un bourreau de travail, le plus dévoué
des amis, un homme impitoyable, un bluffeur,
une brute, un dépravé, une poire, un vaniteux,
un ascète, un orgueilleux qui voulait épater
Paris, un noceur, un homme épuisé, un costaud
qui se produisait dans les foires et luttait en
public avec sa maîtresse, un ancien bagnard. On
m'a même affirmé qu'il était tatoué!

A cette époque, j'avais un bureau grand
comme un étui à cigarettes. Deux portes à cou-
lisse, des ampoules électriques, une table comme
un calepin et vingt et une lignes téléphoniques.
Je m'y tenais toute la journée. Le ventilateur ou
le radiateur étaient mes saisons. Le *slips* me mar-
quait l'heure, et les hommes qui entraient ou
qui sortaient par mes deux portes, les minutes,
à raison de cinq ou six entrées ou sorties à la
fois.

Eh bien, sur dix personnes qui venaient me
voir, neuf me parlaient de Galmot!

Ce n'était donc pas un mythe. Cet homme
existait, puisqu'il se dégageait pour moi peu à
peu de sa légende et venait maintenant agiter
les gens jusque dans mon bureau. Des plumitifs
m'interrogeaient, des journalistes venaient aux
renseignements, des théâtreuses me demandaient

des tuyaux; au bout de mes fils, comme au bout de longues aiguilles à tricoter, se nouaient mille et une combinaisons, entre hommes d'affaires et politiciens, entre industriels et gens du monde, mille et une combinaisons pour faire « casquer » Galmot.

Casquer, c'est-à-dire lui faire commanditer des affaires...

Que de passions!

Tout le monde avait besoin d'argent pour liquider ou pour repartir de plus belle.

C'était la fin de la guerre!...

Je m'y attendais. Un beau jour, j'eus Galmot lui-même au bout du fil : il demandait rendez-vous au patron.

Quand je le vis entrer dans mon bureau, j'eus l'impression de me trouver en face de Don Quichotte.

C'était un homme grand, mince, félin, un peu voûté. Il n'avait pas bonne mine et ne devait pas peser son poids. Il paraissait très las, voire souffrant. Son teint était mat, le blanc de l'œil était injecté : Galmot devait souffrir du foie. Une certaine timidité paysanne se dégageait de toute sa personne. Sa parole était aussi sobre que son complet de cheviotte bleu marine, un peu négligé, mais sortant de chez le bon faiseur. Il parlait avec beaucoup de détachement. Ses gestes étaient rares et s'arrêtaient, hésitants, à mi-course. Le poil, comme l'œil, était noir. Mais ce qui me frappa le plus dès cette première entrevue, ce fut son regard. Galmot avait le regard insistant, souriant, palpitant et pur d'un enfant...

Que nous sommes loin de sa légende, des adjectifs des journalistes et des laborieuses inventions de ses adversaires!

C'est Balzac qui, pour les personnages de *La Comédie humaine,* faisait établir, dit-on, des fiches horoscopiques, où il trouvait tous les motifs de leur vie et le thème de leur destinée. Ce que Balzac faisait avec des personnages imaginaires que ne le faisons-nous avec les personnages véridiques de la vie?

Voilà Jean Galmot : né le 1er juin 1879, à quinze heures, à Monpazier (Dordogne).

Avec cette seule date et ce petit renseignement géographique, mon ami Moricand, pour qui l'astrologie n'a pas de secrets, va projeter le « ciel » de Galmot et nous dire qui était cet homme dont je ne lui ai pas révélé le nom. C'est un petit chef d'œuvre de calcul et d'intuition.

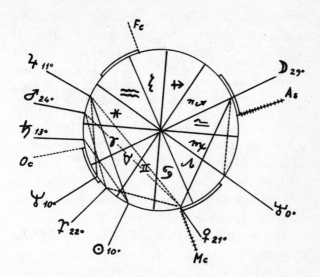

Manque de stabilité.

Pensée mobile ne pouvant se fixer. Peu créateur. Trop contemplatif.

La pensée se complaît dans la rêverie et l'imagination.

Emotif.

Diversité des aspirations et manque de contrôle. Trop d'intérêt pour trop de choses et de la difficulté à prendre parti.

Sensible au modernisme de notre époque et à ses dangers.

Aimant les nuages jusqu'à s'y perdre.

★

Côté instinctif puissant. Le ventre domine, mais veut se faire assimiler par la tête.

Mysticisme.

Se guide uniquement par le sentiment.

★

Peu de volonté et de self-government.

Mobilité.

Très influençable.

Impulsions suivies de regrets.

Remords d'avoir laissé échapper la chance, les chances.

★

Le fond du caractère est cependant plus fort qu'il ne paraît.

Conflit entre le dedans et le dehors, nature timorée, ne pouvant se fixer, se décider. Avec plus de contrôle sur le plan physique, le plan émotif pourrait devenir moteur. Mais tout doit se réduire à des velléités.

★

Artiste, mais gâcheur. L'excès d'imagination et de versatilité rend la création difficile. Goût

*pour les beaux-arts et les belles-lettres, plutôt
pour celles-ci.*

★

*Goût pour la bohème et les natures originales
que favorise le non-conformisme du caractère.*

Peu de vitalité; santé précaire.

★

*C'est l'horoscope à la fois d'un séducteur et
d'un homme séduit. Un principe masculin et un
principe féminin en constant équilibre, et ne se
contrariant pas, donnant à la silhouette tant mo-
rale que physique du sujet une apparence troublante.*

*Don Juan grimé en Machiavel et pris à son
propre piège. La force masquant la faiblesse et la
faiblesse masquant la force à tour de rôle.*

*Un grand charme, celui des natures déchirées.
Ils masquent le pathétique de leur vie intérieure
par une sorte de grimace qui ressemble à un sourire.*

*Les directions proposées indiquent une très
mauvaise période pour avril, mai et juin 1928 :
un événement très sérieux où il est question
d'amour et de mort.*

Je conseille au sujet de voyager au début de l'été 1928 et d'éviter les pays sous la domination du Lion, notamment la France.

On ne peut lire cet horoscope sans frissonner.

Toute la vie de Jean Galmot y est enclose; son aventure magnifique et misérable, qui en fit l'idole d'un pays et l'individu que honnissaient et traquaient tous ceux pour qui sa chance était un danger perpétuel.

Sa chance? Ou sa malchance?

Ce garçon de bonne famille que l'on destinait à la culture sérieuse de l'Ecole Normale Supérieure, et qui débutait dans la vie par des coups de maître au cours de l'affaire Dreyfus et dans la petite principauté du journalisme niçois; ce jeune journaliste qui, un beau jour, au hasard d'un mariage d'amour, se muait en chercheur d'or, en commerçant aux colonies, en défenseur des indigènes et découvrait en Guyane, aux antipodes de sa vieille province natale, une terre âpre et malheureuse, la forêt vierge, l'air du bagne, et des horizons pour ses rêves; cet homme maigre et pâle, devenu un capitaine d'industrie, un grand homme d'affaires, un politicien que l'on craint, et qui, d'un jour à l'autre, au moment qu'auront choisi ses ennemis que sa force gêne, va dégringoler jusqu'au bas de l'échelle sociale; cet infatigable homme d'action qui, sortant de prison, à quarante-huit ans, repart pour la Guyane, où l'attend un triomphe inouï et où il se dispose à recommencer sa vie et la lutte pour ces indigènes qui l'appellent affectueusement « papa Galmot », quand une mort soudaine, tragique, suspecte, vient tout achever...

Sa chance? Ou sa malchance?

Un raté de génie.

Mais son cœur ne s'est pas égaré.

En Guyane on fleurit sa tombe. Les petites filles de huit et dix ans y déposent du massepain en hommage. On y vient pleurer. On y vient prier. Toujours cette tombe est recouverte de fleurs et surveillée par des fidèles. L'adoration que le peuple a gardée pour « papa Galmot » a presque fait oublier la grande sainte du pays, sainte Thérèse de l'Enfant-Jésus. On a trompé ce peuple. On a escamoté le cœur de Jean Galmot. On a frappé les galmotistes qui ont aimé cet homme. On veut que son nom disparaisse. Seulement, là-bas, on n'oublie rien...

Pourquoi?

Lisez ce serment.

« Je jure de rendre la Liberté à la Guyane.

« Je jure de rendre aux citoyens de la Guyane les droits civils et politiques dont ils sont privés depuis deux ans.

« Je jure de lutter, jusqu'à mon dernier souffle, jusqu'à la dernière goutte de mon sang pour affranchir mes frères noirs de l'esclavage politique.

« Je jure d'abolir la toute-puissance d'une administration qui met la force armée au service de l'illégalité, qui organise les fraudes électorales, qui, les jours d'élections, terrorise par l'assassinat et l'incendie, qui oblige les fonctionnaires à la besogne d'agents électoraux, qui prend des otages et emprisonne les meilleurs parmi les enfants du peuple, et qui, enfin, gouverne par des décrets et des arrêtés supprimant les droits sociaux de l'ouvrier.

« Je jure de mettre fin au régime économique qui transforme la Guyane, pays des mines d'or, pays aux richesses fabuleuses, en une terre de désolation, de souffrance et de misère.

« Je demande à Dieu de mourir en combattant pour le salut de ma patrie, la Guyane immortelle.

« J'ai signé ce serment avec mon sang. »

C'est daté du 15 mars 1924 et signé *Jean Galmot, député de la Guyane.*

Et Jean Galmot a été fidèle à son serment, jusqu'à la mort, inclusivement.

II

LA première fois que je vis Jean Galmot, je l'ai dit, il me fit penser à Don Quichotte.

Certaines photos de lui accentuent cette impression.

Mais cette ressemblance n'est pas uniquement physique; au moral, ma première impression se révélait encore plus juste.

Don Quichotte.

Il en a donné d'innombrables preuves au cours de son existence. Mais dès ses débuts, à sa première apparition sur cette scène qu'est la vie publique, Jean Galmot se jette dans la lutte pour la défense de la vérité et de la justice.

Et, dès ses débuts, sa vie s'épanouit dans un climat romanesque...

1900.

Depuis dix ans la France est écartelée par les factions. Alfred Dreyfus n'est plus à l'île du Diable, mais il n'a pas encore retrouvé son honneur. Les partisans de sa cause sont devenus légion : il n'y en avait pas en 1894... Néanmoins ils risquent gros. L'opinion publique, exaltée par la propagande infatigable de la presse de droite, et sottement respectueuse de la chose jugée, est, dans sa grande majorité, contraire à celui qui est encore considéré comme un traître.

Le procès de Rennes, les premières tentatives de revision, ont abouti à ce résultat paradoxal : le capitaine Dreyfus est reconnu innocent des faits qui ont motivé sa condamnation; on cite le nom d'un autre officier, le commandant Esterhazy, qui serait le véritable auteur du fameux bordereau; cependant la dégradation et la condamnation du capitaine Dreyfus sont confirmées, bien que la grâce présidentielle vienne mettre aussitôt un terme à ses souffrances.

L'Etat-Major se défend désespérément pour ne pas être déshonoré.

Mais ce résultat ne satisfait personne, et pour cause, surtout depuis que la presse de droite, habile à brouiller les cartes, a fait surgir un nouveau fantôme : l'empereur d'Allemagne, qui serait personnellement à la base de toute l'affaire. Le commandant Esterhazy n'aurait fait que recopier le texte authentique, qui ne peut pas être mis en circulation, puisqu'on y lit une note marginale manuscrite de Guillaume II! La publication de cette note serait de nature à susciter une guerre.

Le gouvernement, tout en acceptant le principe d'une nouvelle revision, veut que le pays s'apaise d'abord. Aussi répond-il par une fin de non-recevoir à toutes les interpellations. Il lui faut un coupable.

Mais les amis de Dreyfus ne veulent pas de cette paix armée, qui ne trompe personne. Il faut coûte que coûte répondre victorieusement aux insinuations furibondes de la presse de droite. Il est nécessaire d'avoir, une fois pour toutes, une confirmation pleine et entière de l'innocence du capitaine. On cherche des documents partout, des nouvelles preuves...

1903. Le fameux discours de Jean Jaurès à la Chambre, discours qui n'est pas fait pour apaiser le pays...

Un jeune homme, un inconnu, écrit au directeur de *La Petite République,* le journal de Jaurès. Il signe : Jean Galmot.

Qui est-ce? Ne s'agirait-il pas d'un traquenard?

Cet inconnu affirme suivre depuis quelque temps une piste qu'il a découverte à San Remo, ce centre de l'espionnage et du contre-espionnage, à deux pas de la frontière française. Un certain Elmuth Wessel, ancien lieutenant de l'armée allemande, démissionnaire à la suite de dettes de jeu et de quelques escroqueries, aurait été en rapports avec le Bureau de Statistiques de l'Etat-Major de Berlin, *vulgo* Bureau de l'Espionnage militaire. Ce Wessel serait entré au service du contre-espionnage français. Il habite Nice, et fréquente Monte-Carlo, avec sa maîtresse, Mathilde Baumler, qui est surtout sa collaboratrice. Stanislas Przyborowski, ancien fonctionnaire au ministère des Chemins de Fer autrichiens fréquente le couple.

Comment Jean Galmot, alors précepteur à San Remo, jeune inconnu que personne n'a chargé d'enquêter, a-t-il pu pénétrer dans le monde si mystérieux de l'espionnage, comment a-t-il pu capter la confiance de ces trois individus, obtenir d'eux des renseignements?

Il écrit sur un papier à en-tête de la Société des Intérêts locaux de San Remo (Italie), dont il est le directeur.

On est en droit de se méfier de lui. Nous avons vu la lettre par laquelle le directeur de *La*

Petite République, tout en écrivant avec amitié
à cet inconnu qui, même par lettre, n'a pu manquer d'exercer sur lui ce pouvoir de séduction
qu'il ne perdra jamais et qui sera toujours sa
grande force dans la vie, lui répond assez évasi-
vement.

Se méfiait-il? « *Jaurès est absent en ce moment : je lui communiquerai votre lettre dès
qu'il sera rentré* », voilà le post-scriptum qui
clôt cette lettre. Quel accueil réserva le tribun
socialiste au jeune précepteur inconnu de San
Remo?

Dans *Le Petit Niçois* du 13 mars 1904, quand
la nouvelle revision du procès Dreyfus, qui sera
la dernière, est proche, paraît un article, signé
Jean Galmot, où sont relatés ses entretiens avec
le trio d'espions. Galmot y expose les dates des
rencontres de Przyborowski avec Cernuschi et
Mareschal dans un hôtel de la rue La Fayette
à Paris, il y relate l'activité de la bande Wessel
à l'époque du procès de Rennes, et y laisse voir
sa connaissance de beaucoup d'autres détails...

A ce moment il n'est plus précepteur. On a
déjà vu quelques entrefilets signés de lui dans
Le Petit Niçois. Il fait du journalisme.

Cet article ne peut manquer d'attirer l'attention des juges parisiens. On trouvera le nom de Jean Galmot dans l'un des nombreux arrêts de la Cour de cassation. Quand elle fit son information sur l'Affaire, la Cour chargea d'une commission rogatoire le juge d'instruction de Nice, à l'effet de vérifier les séjours et les accointances des divers espions dans cette ville, et ce même juge, le 24 mars 1904, recueillera la déposition de Jean Galmot. Déposition de poids, puisque au cours de son enquête mouvementée Jean Galmot avait pu établir de la manière la plus formelle qu'à aucun moment le capitaine Dreyfus n'avait été en relations avec l'Etat-Major de Berlin...

Galmot n'a pas vingt-cinq ans : voilà deux ans qu'il mène, de sa propre initiative, sans aucune aide, des investigations romanesques et dangereuses.

Un pareil début dans la vie ne manque pas de pittoresque. Ce jeune homme était « quelqu'un ».

Cette aventure à l'aube de sa carrière est significative. On y distingue les sentiments les plus caractéristiques de cet homme que nous avons pu rapprocher de la figure de Don Quichotte. On y trouve aussi ce romanesque qui, par la suite, enveloppera comme d'une atmosphère mystérieuse tout ce que Jean Galmot ébauchera. On y voit enfin que, tout jeune, Galmot savait déjà aller au fond des choses, droit devant lui, jusqu'à obtenir ce qu'il voulait.

D'où venait-il?

Son passé n'est pas encore riche : mais Jean Galmot a toujours été tourné vers l'avenir.

Néanmoins, on le verra plus loin, au centre de sa vie et de ses sentiments, il n'y a eu qu'une chose, toujours : la forêt vierge, le souvenir de la brousse guyanaise. Et ce Galmot homme d'action, au moment des crises les plus aiguës, redeviendra le rêveur, le poète qu'il était, et, même dans sa cellule de la Santé, une plume à la main, il oubliera tout pour céder aux sollicitations de son cœur.

Eh bien, ces traits dominants de son caractère nous les rencontrons déjà dès son enfance. Je sais qu'enfant il se perdait volontiers dans la forêt, près de Monpazier, et que ses parents angoissés étaient forcés de le faire rechercher; on finissait par le retrouver, un livre sur les genoux, au milieu des arbres.

Et, à treize ans, le petit bonhomme crée un journal, à l'école, un journal qu'il compose tout seul et qu'il vend cinq sous. Un an plus tard commençait cette affaire Dreyfus dont toute son adolescence allait être préoccupée...

Il est le fils d'un instituteur d'un caractère très entier, très ferme, voire stoïque, Edouard Galmot, qui verra toujours sa carrière entravée par la rigueur de son esprit et l'absolu de ses principes. Mais Jean Galmot tient surtout et avant tout de sa mère, dont l'origine portugaise (la famille Barge de Moisant vint de Lisbonne en France vers 1760) influença tout particulièrement celui qui allait être un conquistador du XXe siècle.

Nous pouvons suivre Jean Galmot à l'école de Bergerac, au lycée d'Evreux, puis à celui de Caen, où il fréquente les cours préparatoires pour entrer à l'Ecole Normale Supérieure.

Il passe de bons examens (prix d'excellence en seconde et en rhétorique, prix d'histoire en troisième, seconde, rhétorique et philosophie; le proviseur du lycée Malherbe à Caen écrit : « L'élève Galmot a des habitudes de travail et de discipline qui constituent de sérieuses garanties pour l'avenir. »

Il a un cœur d'or.

Sera-t-il professeur, un petit professeur à qui il faudra gravir péniblement une route peu triomphale? Dès cette époque Jean Galmot connaît à la perfection l'anglais, l'allemand, l'espagnol et l'italien. A quoi pourront-elles lui servir, ces langues, dans les lycées de province qu'il lui faudra parcourir?...

D'ailleurs, les parents de Jean Galmot ne sont pas riches, ils ont six enfants; et Jean leur promet fortune, sans douter de rien...

Aussi, d'un jour à l'autre, sans hésitation, nous le voyons quitter tout, le professorat et les siens, et partir vers sa destinée.

Précepteur à Saint-Dié (Vosges), puis à San Remo (Italie) chez M. Meurissier.

Et ici, son nom commence à se lever comme une étoile. Le roman débute, — mais ce n'est pas un roman.

C'est sa vie, — la vie.

L'espionnage à deux pas de la frontière. Le contre-espionnage. Monte-Carlo. La roulette. Le Carnaval de Nice. Les femmes. Le soleil de la Méditerranée. La mer.

Ce jeune homme qui vient d'avoir vingt ans se jette là-dedans à corps perdu.

Il obéit à sa destinée, qui demeurera étrange...

Un jour, dans un bureau de poste de Nice, il lui arrive de jeter un coup d'œil sur une dépêche que tient à la main, devant un guichet,

un homme qu'il ne connaît pas. Cette dépêche
est adressée à M. Elie-Joseph Bois, correspondant
parisien du *Petit Niçois*. L'expéditeur n'est autre
que M. Edouard Cristini, rédacteur en chef de
ce grand journal régional. Dans cette dépêche
Cristini demande qu'on lui trouve un bon « dépêchier ».

Le soir même, Jean Galmot s'assied à la table
de dépêchier du *Petit Niçois* et, trois jours après,
il est rédacteur attitré.

Il demeurera quelques années à ce journal :
quand il en sortit, son nom était connu à Nice
et dans tout le département. De l'aveu de celui
qui fut son rédacteur en chef et l'un des principaux témoins de sa vie, sa collaboration au *Petit
Niçois* fit monter progressivement le tirage de ce
journal de quelques dizaines de milliers d'exem-
plaires.

On pourrait écrire un roman, romanesque à
souhait, sur ce que fut sa contribution à l'éclair-
cissement de l'affaire Dreyfus.

Pour ces quelques années de journalisme, il
faudrait changer de registre : ici Jean Galmot va
se muer en humoriste. Dans un tout autre ordre
d'idées, le récit de ses années niçoises ne serait
pas moins curieux.

Il débute par des portraits de conseillers municipaux qui mettent la ville en joie. Il commence à se faire des ennemis. Il ne cessera pas de s'en faire, jusqu'à sa mort... Décidément, cet homme a du nerf; il aime suivre son chemin, chemin qui le mènera si loin...

Un autre jour, il écrit le plus beau compte rendu de la bataille de fleurs qu'on ait jamais fait, le plus vivant et le plus imagé des reportages; et cela, à cinq heures du soir, en sortant de chez lui après avoir fait la grasse... matinée, sans se douter que, pour cause de mauvais temps, la bataille de fleurs avait été remise au lendemain!

Il invente, un été où *Le Petit Niçois* manquait d'actualité, un « Calabrais » fantomatique, qui débute par une tentative de viol aux dépens d'une vieille bonne dame, et qui, le succès aidant, va poursuivre sa carrière si bien commencée de satyre de l'Esterel, en dépit de la police qui le recherche.

Mis en appétit par les aventures du « Calabrais », l'année suivante, Jean Galmot va procurer à son journal quelques nouveaux milliers de lecteurs.

Les « Bandits de Pégomas » viennent au monde.

Les a-t-on assez craints, aux abords de 1905!

Ils terrorisaient une région entière. La police judiciaire envoya ses plus fins limiers; la gendarmerie mobilisa; une compagnie de chasseurs alpins fut même mise à la disposition des autorités pour cerner ces brigands, car le public, affolé et alléché à la fois, jetait des hauts cris.

Il y eut des blessés et il faillit y avoir mort d'homme; le curé de Pégomas, ecclésiastique inoffensif, fut arrêté; la nuit, dans la campagne qui s'étend de Grasse à Pégomas, on entendait des coups de feu, on vit s'embraser des meules de foin...

Les « Bandits de Pégomas » avaient-ils fini par naître pour de bon? Jean Galmot riait, à sa manière, comme un enfant solitaire, mince et grand.

Ce ne fut pas la seule fois où il se joua des autorités. Son reportage sur les roulettes clandestines qui fonctionnaient, en dépit de la police, dans les environs de Nice, et où tout un lot de joueurs enragés, soigneusement filtrés, se trouvaient en contact avec les plus beaux costauds et marlous de la région, ne lui procura pas seulement l'inimitié de cette pègre... Ce Galmot parvenait donc à pénétrer partout?

A présent ce n'est plus un jeune homme quelconque, un inconnu : il est populaire. Le feuilleton qu'il écrit sur la demande de son journal, cette *Redoute rouge* où il met en scène Nice et sa vie inouïe, d'une manière un peu trop conventionnelle il est vrai, mais où l'on trouve pourtant quelques passages d'un érotisme poussé, qui font penser au marquis de Sade, et que jamais on ne s'attendrait à voir dans le feuilleton d'un quotidien, va le lancer. Les portes s'ouvrent. Il fréquente assidûment le salon de Mme Juliette Adam, où il rencontre Jean Lorrain, avec qui il se lie d'amitié.

Comment deviner que ce feuilleton, annoncé et promis depuis des mois, a été écrit en trois jours, dans un bureau où son rédacteur en chef, à bout de patience, avait enfermé Jean Galmot à clef!

III

PARTIR!... PARTIR!...

Le journalisme mène à tout à condition d'en sortir.

Jusqu'ici, en dehors de son intervention dans l'affaire Dreyfus, Jean Galmot n'a rien fait qui le distingue d'un journaliste de son âge, ingénieux et habile.

Quels peuvent être ses ambitions, ses désirs? A-t-il une idée, même vague, de ce que l'avenir lui réserve? Se doute-t-il que le destin va, dans quelques semaines, le mettre de but en blanc en face de ce qui sera le pays de sa vie?

Il a vingt-six ans. Il est ambitieux. Il n'est pas beau, mais son charme agit.

Ses premiers succès littéraires ont chatouillé son amour-propre. Il publie un livre, *Nanette*

Escartefigue, Histoire de Brigands. « Les Barbets du comté de Nice et les Réquisitionnaires de l'Esterel », porte le sous-titre. Ces contes ne manquent pas de mérite. On y voit peintes de belles couleurs, et dans une langue nerveuse, des scènes du brigandage local, sous le Premier Empire.

Ouvrons ce livre. A la première page, il y a une dédicace :

Pour amuser vos jolis yeux, voici, ma chère amie, une histoire vraie de ce pays...

J'ai vu, de la même époque, une lettre de Jean Galmot à sa sœur Madeleine, qu'il faut citer encore parce qu'elle est significative :

... je l'aime parce qu'elle est jolie, adorablement jolie. C'est un amour qui est trop fort et trop particulier pour être comparé à la délicieuse affection qui m'attache à toi...

Il va se marier.

Et ce mariage se fait en cinq sec.

Celle qui va être sa femme est Américaine. Son père appartient au *diplomatic service*. Il a été consul des Etats-Unis en Russie. Mlle Heydecker est née à Paris, mais arrive de Saint-

Pétersbourg. Elle est blonde, jolie, et très, très jeune : la fiancée rêvée.

Jean l'a connue dans l'un de ces salons mondains qu'à présent il fréquente. Il a plu à son futur beau-père. Il est plein d'amour. La vie est belle.

Il aura comme témoin rien moins que le préfet de Nice, M. Joly, et, assure-t-on, oubliera impertinemment d'inviter à son mariage ses confrères du *Petit Niçois,* qui vont commencer à le prendre en grippe.

La vie est belle.

Et Jean Galmot est riche puisque son beau-père l'est!

Combien de temps durera la dot de Mlle Heydecker?

Jean avait des dettes : on les paya. Jean se mit à fréquenter Monte-Carlo : cela coûtait. Jean avait *son* auto, *ses* réceptions, *ses* dîners : c'était beau, mais cher.

Tout cela est simple, ordinaire, logique, et ne suffirait pas à remplir les pages d'un livre.

Mais le destin ne brusque jamais les choses. Il ourdit avec lenteur, précautionneusement. Les fils s'emmêlent de la manière la plus naturelle, et, un beau jour, on est pris dans un réseau inextricable.

Dans sa petite ville de Monpazier, Jean Galmot avait-il jamais pensé à ce pays extraordinaire, de l'autre côté de l'océan, qu'on distingue
si mal sur le planisphère, et auquel seuls les
bagnards ont su conférer une renommée triste et
romantique?

La Guyane.

Ce n'est pas plus grand que la Bretagne et
la Normandie réunies.

Le soleil de l'Equateur et les eaux rouges des
fleuves y remplissent les hommes de fièvre et de
violence.

A quelques milles de la côte, la forêt.

Impénétrable, secrète, fantastiquement silen-
cieuse.

Là, il y a l'or, les essences, le bois de rose, la
gomme de balata; des prospecteurs, des trafi-
quants, des bagnards; des forçats en fuite ou des
libérés y pénètrent, y rôdent; ils y trouvent la
liberté ou la mort ou disparaissent misérable-
ment...

Jean Galmot n'en sait rien. Quel besoin
aurait-il de le savoir? Tout cela ne le regarde
guère, somme toute.

Au contraire. Tout cela va devenir son pays,
une « chose » à lui.

Le beau-père a payé. Ce petit journaliste ne

lui déplaît pas. Mais va-t-il passer sa vie à ne rien faire que jouer à la roulette et souper au Casino?

Le consul américain a une affaire en Guyane. Il ne s'en est jamais occupé. D'ailleurs, il ne pense pas que ce « placer Elysée » puisse jamais valoir quelque chose.

Eh bien, il faut que ce gendre charmant et gaspilleur devienne sérieux; il ira à Amsterdam s'embarquer sur un cargo qui le mènera là-bas; on verra ce qu'il saura faire.

Est-ce un ultimatum? Cela pourrait en avoir l'air. On ne leste pas les poches de Jean Galmot. On lui laisse entendre qu'il aura à se débrouiller. Il n'a qu'à se bien conduire.

Jean ne proteste pas. Il ne demande pas quelques jours de répit. Il ne se plaint pas parce que sa jeune femme demeurera à Nice et parce qu'il ne pourra pas assister aux premiers balbutiements de son fils.

Il part.

Tout seul.

Il est bien chargé d'une mission par Milliès-Lacroix, mais il n'est pas subventionné. Il part seul et sans le sou. Et il ne paraît pas triste de ce départ...

Que va-t-il trouver là-bas?

La forêt.

Il va y travailler de ses mains, au milieu de mille souffrances, résistant à tout, plein d'endurance et d'allant. Il est seul. Il n'a pas le sou. Le beau-père est Américain : il sait que jamais les hommes ne sont aussi forts —- quand ils le sont — qu'au moment où ils se trouvent seuls et sans ressources en face de l'inconnu.

Jean Galmot a vingt-sept ans.

Quand il reviendra, six mois plus tard, il est bronzé, encore plus maigre qu'auparavant, et il rit d'une manière plus étrange.

Ses conférences, ses communications à la Société de Géographie, que toute la presse parisienne commente favorablement, lui font une belle renommée. On le félicite. Son beau-père est content.

Mais Galmot ne fait que passer.

Il retournera bientôt là-bas, sans que personne ne le lui ait demandé.

La forêt le hante.

« M. Galmot », racontait quelques années plus tard à l'un de ses amis un Guyanais qui avait guidé Galmot dans la forêt, « M. Galmot n'a rien à craindre des animaux les plus dangereux. Les chats-tigres, de même que les couleuvres (ce Guyanais entendait par là les serpents, même les

boas les plus monstrueux), tous les animaux sem-
blent subir sa domination. Le danger ne viendra
jamais pour lui que des hommes. Il les aime
trop! »

On peut se demander comment Galmot, ori-
ginaire d'une petite ville de province, et qui
débutait dans la vie comme un futur Parisien, a
pu se muer en un broussard infatigable et
stoïque, se réfugiant dans la forêt avec délices.

Comprenait-il que les ambitions qui habi-
taient son cœur, il ne parviendrait jamais à les
exaucer, tellement elles étaient grandes?

Que de fois, éloquemment, il avait promis la
fortune aux siens!

Voici un autre fragment de cette lettre
adressée à sa sœur à l'occasion de son mariage :

*... Toi, vois-tu, tu appartiens à ma vie, tu m'es
nécessaire comme tous mes souvenirs, toutes mes
hérédités. Nous réussirons, je l'espère, à réunir
nos existences si séparées. Et mon rêve n'a pas
varié : je veux une ferme, une maison blanche
avec des prés et des terres en Périgord. Là, j'ins-
tallerai mon vieux père, ma vieille mère et mes
sœurs... Ce rêve, je veux le réaliser. C'est là
qu'est le bonheur...*

Les Galmot sont une secte, il faut qu'ils vivent ensemble.

De prime abord, on croit rêver en lisant cette lettre. Un broussard, un homme d'action, disons le mot, un aventurier peut-il parler ainsi? A son âge! Cette lettre est du 11 novembre 1905 et je tiens essentiellement à mettre en évidence chez Galmot ce côté paysan, cette mentalité de paysan, qu'on peut ne pas aimer, mais qui est si particulière à sa personnalité.

Moi, elle ne me déçoit pas.

Une simple visite à la ville où Galmot est né aide à comprendre cette mentalité.

J'y ai passé quelques semaines en plein hiver.

Comme une ville américaine, Monpazier est une ville géométrique. Les rues se coupent à angle droit, et l'ensemble forme un rectangle parfait.

Ce tracé doit faire le bonheur de Le Corbusier.

Mais la mort règne dans ces rues tracées au cordeau. C'est une géométrie d'un autre âge.

Des murs solides, des porches cintrés, mais des immondices partout. On peut imaginer des traquenards à chaque coin, après le couvre-feu. Les gares sont à dix-sept et à trente-deux kilomètres...

Monpazier forme un tout, clos, cohérent. Un îlot de pierres, de très vieilles pierres.

La grande théorie de Vidal de la Blache explique bien des choses. L'homme crée le milieu, puis, à son tour, le milieu façonne l'homme.

Monpazier est une ancienne bastide fondée en 1284 par de Grailly qui en traça le plan dont il exigea la rigoureuse application. En 1905 l'administration des Beaux-Arts a classé toutes les « cornières » de la place au rang de monuments historiques.

Et après?

Me baladant sous ces cornières j'ai réellement l'impression que la vie de New York, Paris, Moscou, Pékin n'existe pas.

Pays de « Croquants ». Les Croquants luttaient pour leur indépendance. Ils ne s'occupaient pas du voisin. Ils se mettaient tantôt en guerre contre le roi de France, tantôt contre l'Anglais. Pays de frontière. Pays d'invasion. Les catholiques d'ici, enragés, étaient aussi sectaires que les huguenots.

Les femmes ont souvent de la barbe au menton. Elles sont jalouses, solides, autoritaires. Elles portent la culotte en ménage. On est dans le pays de la préhistoire. Les Eyzies sont à deux pas. Il y a encore des cavernes habitées. L'hiver est long.

On mange solidement. On boit sec. Tout cela est rude, âpre, terriblement sauvage... C'est le Périgord noir, avec ses vieilles coutumes qui durent... Mais il y a aussi le concours annuel du plus grand menteur, qui chavire le pays, car on y est tout de même Gascon.

Voilà la patrie de Jean Galmot et voilà ce que Jean Galmot en dit dans une lettre :

Il y a dans mon pays, le Périgord noir, une aristocratie fermée à tout contact extérieur depuis des siècles. Les hobereaux de mon pays se marient entre eux; ils ne sont qu'une famille étroite, unie, au sang uniforme et absolument pur.

Les hobereaux périgourdins ont gardé intacte la race du Moyen Age, ils forment aujourd'hui un petit groupe de terriens dégénérés; ils meurent écrasés par les goitres, la scrofule et l'idiotie.

Mais Jean Galmot ne croit pas à la mort...

Relisez dans *Quelle étrange histoire* ou dans *Un mort vivait parmi nous* les pages dans lesquelles Jean Galmot parle de la forêt guyanaise, de *sa* forêt.

Songez à ces tribus d'Indiens auprès desquels

son imagination s'attarde toujours avec délices.

Ils ont caché leur indépendance au plus profond de la forêt. Ils ont défriché une clairière, construit la hutte familiale, allumé leur foyer. C'est une île habitée, une petite île perdue dans l'uniformité verte, verte, verte de l'immense forêt équatoriale...

Les Caraïbes, dans leur refuge mystérieux, mènent une existence simple et pure. Ils ont gardé des mœurs primitives et beaucoup de loyauté. Tous leurs sentiments sont régis par celui d'une justice supérieure. Ils ne craignent pas la mort, car ils sont complètement émancipés de toute idée d'une divinité... Voilà ce dont rêve et rêvera toujours Galmot.

Les sauvages ont leur musique. Ils s'en servent pour exprimer, selon des lois étranges et sur un mode qui dépasse toute imagination, les secrets de leur vie primitive. Ils ont une hygiène à eux. Ils ont un sens mystérieux de l'orientation. Aucun voyageur n'ignore que l'Indien peut transmettre sa pensée à distance, et qu'il communique de tous les points de la jungle avec les êtres qui lui sont chers...

Il arrivait à Galmot, dans une conversation, de parler des danses des oiseaux auxquelles il avait assisté...

Ces confidences de poète (les hommes d'action ne sont-ils pas tous des poètes?) nous font comprendre par quelle pente de son imagination il glissait imperceptiblement pour établir une correspondance secrète entre toutes les choses chères à son cœur, entre la vieille ville perdue dans les bois de la Dordogne, qui sentent la truffe et la châtaigne, et le village indien enfoui dans la forêt vierge, dans l'ombre humide qui sent la vase et le musc.

IV

L'AVENTURE?...

Fin 1906 Jean Galmot avait envoyé sa démission
au *Petit Niçois*. M. E. Cristini, son rédacteur en
chef et ami, raconte qu'un jour il vit arriver
Galmot à la rédaction en compagnie de Jean
Lorrain.

« Galmot veut partir, lui dit l'écrivain célèbre.
Comme tous les Gascons, il est tourmenté par des
hérédités de Latin migrateur. Rendez-lui sa
liberté. Il étouffe ici. »

N'est-il pas curieux de voir Jean Lorrain,
l'auteur du *Crime des Riches,* envoyer Galmot
faire fortune dans les Guyanes et lui indiquer
en quelque sorte sa voie?

L'Aventure!
On a tendance à imaginer le jeune homme

inconnu s'élançant, l'étoile au front. Millions, esclaves, luxe de satrape. Ou alors, il n'a qu'à se balancer dans un hamac, le cigare au bec, une bouteille de rhum dans sa poche et le gourdin à la main.

Prend-on Jean Galmot pour un romantique attardé ou pour un garde-chiourme?

Toute sa vie Jean Galmot a été le défenseur de l'indigène. Et pas seulement en paroles. Son mandat de député et son activité commerciale autonome n'avaient qu'un but : l'émancipation des Guyanais.

Dès le début, Jean Galmot se heurte à la tyrannie des grandes compagnies concession-naires qui règnent en maîtres, se partagent et exploitent les colonies. Et elles les exploitent à outrance...

Or, Mme B... me raconte qu'ayant rencontré le député de la Guyane dans un salon parisien, il se présenta à elle, avec un orgueil charmant : « Jean Galmot, aventurier. » Et elle sentit qu'il donnait à ce mot une valeur autre que celle qu'on lui accorde généralement.

Il était, lui, l'homme de l'aventure : et l'aventure n'est pas ce qu'on imagine, un roman. Elle ne s'apprend pas dans un livre. Elle n'est faite ni pour les romantiques attardés ni pour les

chiourmes. L'aventure est toujours une chose
vécue, et, pour la connaître, il faut avant tout
être à la hauteur pour la vivre, vivre, et ne pas
avoir peur.

Voyons, documents en main, ce qu'a été
l'aventure pour Jean Galmot.

Il n'apparaît pas que le *placer Elysée* ait
retenu outre mesure son attention. Mais, chargé
de mission officielle par le ministère des Colonies, il explore à deux reprises le bassin de la
Mana. Il expose les résultats de sa mission au
cours de différentes conférences, et dans deux
articles du *Temps* (7 juin 1907) et de *L'Illus-
tration* (6 juillet 1907). En outre, une brochure
sur *L'Emigration hindoue dans les Guyanes*
laisse voir sa connaissance du pays et du pro-
blème de la main-d'œuvre.

Ces travaux lui valent d'être élu membre de
la Société de Géographie et de la Société des
Ingénieurs coloniaux.

Il a soif d'activité. Il propose au *Petit Niçois*
une série d'articles sur les bagnards originaires
des Alpes-Maritimes. Par la suite, il publiera
dans *Le Matin* un reportage sur le bagne, de-
vançant ainsi de plusieurs lustres un Albert
Londres.

Ce n'est pas tout. Il a obtenu des concessions. En France, il parvient à trouver des concours et il crée la Société des Mines d'Or du Maroni.

En novembre 1908, il sera proposé pour le grade de chevalier de la Légion d'honneur par le gouvernement de la Guyane française : « A créé en Guyane française des exploitations agricoles et forestières. Cette entreprise représente la première tentative sérieuse de colonisation par la main-d'œuvre pénale », lisons-nous dans le rapport du gouverneur Rodier.

Voilà la façade. Qu'y a-t-il derrière tous ces succès flatteurs?

Un homme débarque en Guyane. Personne ne le connaît. Il a quelques lettres de recommandation. Pas beaucoup d'argent. C'est un « bleu ». Ça se voit à son enthousiasme. Il ne doute de rien. Sa naïveté fait sourire. Il veut explorer le bassin de la Mana? Qu'il y aille donc! Les vieux coloniaux n'accordent à ce nouveau qu'un regard indifférent.

Mais voilà qu'il revient de l'intérieur. Les chats-tigres et les crocodiles ne l'ont donc pas dévoré? Les boas ne lui ont pas brisé la colonne vertébrale? Il est parvenu à sortir sain et sauf de la brousse? Tant mieux, tant mieux. Les

vieux broussards le félicitent puisque la cour-
toisie le veut.

Tiens, l'homme commence à parler de l'or,
du bois de rose, des essences. Il court les bureaux
pour obtenir des concessions. Il veut travailler.

On dévisage cet échalas aux yeux caverneux
et déjà blêmissant de fièvre. On le regarde avec
commisération. Le soleil a dû lui taper sur le
crâne. Il n'y a pas de doute. Il veut travailler?
Eh bien, qu'il travaille! Il n'a qu'à empoigner
une pioche, il en traîne assez par ici. On ne peut
s'empêcher de rire. Quelle candeur!

« J'ai été ouvrier; j'ai soigné les caoutchoucs,
et j'ai été mineur sur les placers... De la boue
jusqu'au ventre et l'ombre puante de la Forêt
qui donne la fièvre dix jours par mois... Puis j'ai
été contremaître et planteur. Pendant treize ans,
j'ai soutenu contre la Nature une lutte où les
meilleurs succombent... », ainsi écrira, en 1919,
Jean Galmot à M. Georges Maurevert, dans
une lettre émouvante qu'il me faudra encore
citer.

L'aventure? La voilà l'Aventure avec un
grand A : c'est du boulot, du boulot, du boulot.

On part de zéro. Il faut en imposer aux
autres. Il faut oublier les délices de la Côte

d'Azur. Il faut ne jamais flancher, à aucun moment. On est entouré d'embûches : tant mieux. La forêt est pleine de dangers et de solitude : n'importe. Les hommes ne travaillent que si l'on sait les prendre. En se faisant craindre on ne va pas loin. Quant à la fièvre, eh bien! est-ce un motif valable pour abandonner le boulot? Il faut lutter. En haut, en bas, la forêt est sournoise. Devant et derrière soi. On a toujours l'œil ouvert. On a toujours son fusil à portée de sa main et une boîte de quinine dans sa poche.

Lit-on ces commentaires entre les lignes où il est question des succès de Jean Galmot?

Des ces succès, parlons-en. Là-bas, en Europe, les commanditaires se réjouissent parce que « Société des Mines d'Or du Maroni », cela sonne bien. Et maintenant, que ce petit Jean Galmot se débrouille! On lui a assez avancé d'argent!

Si le climat des villes de la côte est sain, écrira plus tard Jean Galmot dans une brochure, *les conditions de l'existence dans l'intérieur sont parmi les plus sévères du monde. L'ouvrier mineur travaille dans la boue jusqu'aux genoux, parfois jusqu'au ventre. Comme l'ouvrier qui soigne les balatas et le coupeur de bois, il loge*

sous des carbets à peine couverts. Après quelques
semaines de séjour dans l'atmosphère humide
de la forêt, il est atteint par le paludisme; la
fièvre et la cachexie le guettent. Comme les
employeurs n'ont prévu aucune organisation
sanitaire, la mortalité atteint 20 à 25 pour 100
sur certains chantiers. Nourris de conserves rapi-
dement avariées, exposés aux intempéries, privés
de tous soins médicaux et pharmaceutiques, cou-
chant dans un hamac en plein air, l'ouvrier
guyanais est soumis à un régime qu'aucune
civilisation ne tolérerait. Au prix de quelles souf-
frances est obtenu l'or des vitrines de nos bijou-
tiers et cette essence de bois de rose qui sert de
base à la plupart des parfums!

Les bagnards, cette main-d'œuvre pénale sur
laquelle Jean Galmot comptait pour draguer les
sables des criques, sont des hommes qui se ten-
dent avec angoisse vers la vie lointaine. L'or
miroite. Les pépites sont 'vivantes. La poudre
d'or disparaît. Les bagnards regardent le ciel,
l'air naïf. Où cachent-ils l'or? Ils se sont fait des
poches dans la peau. Tout orifice est bon... D'autres s'évadent à la barbe de « Môssieu Galmot ».
On proteste. Les prospecteurs ne sont pas
contents. Cet or ne rend pas « paie », comme ils

disent. Jean Galmot se met tout le monde à dos
et les surveillants se désespèrent.

L'or?

L'or, cet or, il le veut, lui, Galmot, et il lui
en faut, et il faut qu'il réussisse.

Comment a-t-il cru pouvoir lutter, comme
ça, sans armes, lui qui n'est qu'un *nouveau*,
contre la jungle, cette jungle qu'il commence
à connaître, et dont les lianes audacieuses sont
déjà venues plusieurs fois envahir sa machi-
nerie au repos ou un chantier provisoirement
abandonné?

Il hait et il adore cette forêt, la grande force
adverse qui commence à hanter ses nuits fié-
vreuses. Il rêve. Il est traqué. Car Galmot ne
réussit pas du premier coup. Il lui faut abandonner, partir, revenir, émigrer, changer de
place, s'enfoncer de plus en plus loin dans la
forêt.

La forêt. Il s'y engouffre.

Encore une fois, il est tout seul.

Sa vie lui semble irréelle et, pour ne pas se
noyer dans cet océan de feuilles, d'herbes, de
troncs, de branches, de mousses, de broussailles,
de lichens, d'algues aériennes, — il a parfois la
sensation d'être enfermé dans un bocal de chloro-
phylle, — pour donner plus de poids à sa per-

sonnalité, pour s'affirmer, il éprouve le besoin
de se raconter.

Des images se détachent; des souvenirs nais-
sent. Il ne détourne plus ses yeux d'oiseau. Il
guette. Il est à l'affût. Il s'est armé d'un crayon.
Il prend des notes. Le campement dort. La nuit
se pâme. Il n'est pas assis devant le feu. Le brasier crépite dans son cœur. C'est ainsi qu'il écrit
Quelle étrange histoire...

*Les hommes et les plantes et les bêtes de mon
village en Périgord vivent immobiles sur la terre
où leurs ancêtres ont vécu sans mouvement. Et
moi, je cours le monde...*

Fusée d'étincelles. Feu de brousse.

*Ah! cette odeur poignante de rose et de musc
qui sort de la boue remuée par le piétinement
des hommes!*

Assoupissements. Pépiements d'oiseaux. Bruis-
sement de l'eau des marais.

Autour de lui des Nègres *saramacas* ronflent,
les reptiles s'agitent, les arbres respirent. Des
formes étranges surgissent de l'ombre, le four-
milier au museau allongé, la tortue géante que
le rouge du brasier attire, les packs.

Il voit les bêtes : le maipouri, ventru et pai-
sible comme un bœuf, le cariacou bondissant, les
tatous à carapace grise, les pécaris en troupeau
qui annoncent l'aube prochaine; alors, ce seront
les oiseaux, les ibis, les aras, les perroquets et les
colibris qui dansent comme des gouttelettes de
rosée, les douze espèces de colibris aux noms
coloriés...

Il arrive que cet homme, chez qui l'amour de
la forêt a vaincu tout autre sentiment, lui faisant
oublier jusqu'à cette femme blonde qu'il a
laissée à Nice et qui maintenant, ayant emprunté
une autre personnalité, est partout présente dans
les pages de *Quelle étrange histoire...* il arrive
que cet homme est terrassé par la fièvre.

Alors, il reste des journées entières étendu, les
yeux fixés sur l'écran vert sombre, luisant,
comme enduit de vernis noir, de la brousse toute
proche.

Alors sa chimère le reprend.

Il faut que cela continue. Il faut qu'il s'en-
tête. Il faut qu'il l'emporte. Si la forêt se défend
contre lui : il vaincra. L'or doit « payer ».

L'or.

L'or, et le bois de rose, et les essences, et le
balata. Et s'il lui faut bâtir : il bâtira. Des dis-

tilleries, des raffineries. Le sucre et le rhum. Et
s'il lui faut planter, il plantera. Les cannes rem-
pliront les cales des cargos. Et le rhum, du rhum,
des tonnes de rhum pour les hommes blancs de
l'autre côté de la terre. Il sera riche.

L'or.

Et les millions, Cinq, dix, quinze, vingt années,
cela durera autant qu'il le faudra. Il travaillera.
Il sent sa force renaître, l'homme étendu à la
lisière de la forêt et qui grelotte de fièvre.

Je le veux.

Paris existe.

J'y suis.

J'ai de l'or, je tends les bras, et tout ça, ces
lumières, ces hommes qui s'agitent entre quatre
murs, ces rues, ces boutiques, ces arbres, ce
fleuve, tout, tout m'appartient.

Et, pour avoir cela, il lui faut encore creuser
ici, sur ce bout de terre habité par des sauvages
et des bagnards, il lui faut creuser, il lui faut
creuser...

Et Jean Galmot se lève pour se remettre au
travail.

1908, 1909, 1910, 1911, 1912, 1913.

Il lutte. Il n'a jamais cédé, et il a recommencé,
recommencé.

Et la chance se met enfin de son côté.

Un beau jour, il débarque à Cayenne comme fondé de pouvoirs de la maison Chiris et C°.

C'est un coup de veine inattendu. Enfin, il pourra agir.

1910, 1911, 1912, 1913, 1914, 1915.

On ne sourit plus de ce petit Galmot. Maintenant, il est le « brillant second de ces Messieurs Chiris ».

Par leur parenté avec la famille Carnot, par leur situation politique et industrielle, MM. Chiris appartiennent à l'aristocratie républicaine et financière. Leur puissance est formidable. Leur Société est à 400 millions de capital. Ils ont confié 150 000 francs à Galmot pour ouvrir un comptoir à Cayenne, et Galmot fait de ce comptoir une des plus belles affaires du monde.

1913, 1914, 1915, 1916, 1917.

Maintenant Jean Galmot est Jean Galmot : on le sait. Et il n'y a pas que ses grands patrons qui le sachent ; les indigènes aussi le savent, chez qui cet homme commence à instaurer sa domination fraternelle, qui fera de lui l'idole de tout le pays. Car Jean Galmot a une manière à soi de

traiter l'indigène, avec un tact fait de bonté et
de dignité.

1913. Une date pour lui.

Jean Galmot a donné une ampleur imprévi-
sible à l'affaire qu'on lui avait confiée. Mais lui-
même se sent à l'étroit. Il est capable des plus
grandes choses. Ah! si seulement il pouvait agir
librement! Il n'est toujours que « le brillant
second », en somme, un rouage, le plus important dans la maison, c'est entendu, mais rien
d'autre qu'un rouage.

Or, dans la forêt, il avait fait un rêve, un rêve
qu'un homme de sa trempe n'oublie pas...

Beaucoup plus tard, au moment des grandes
luttes politiques et financières qu'il aura à soutenir, Jean Galmot se verra accusé d'être un vulgaire profiteur de la guerre... Cela faisait partie
de ce faisceau de calomnies dont on l'accabla
alors. On l'accusait d'être un joueur, lui qui
n'avait jamais plus fréquenté ni casino, ni cercle;
un nouveau riche, lui qui avait mis plus de vingt
ans pour édifier « sa maison»; un vulgaire fêtard,
lui qui, d'après les constatations de M. Paul
Benoît, syndic de faillite des Etablissements

Galmot, travaillait en moyenne seize heures par
jour et menait une vie des plus simples.

En vérité, l'Aventure pour Galmot n'aura été
que du travail, du travail, du travail.

Le 6 novembre 1919, à l'occasion de sa première grande bataille contre ses adversaires, Jean
Galmot écrivait à M. Georges Maurevert, qui
avait été son collègue à Nice, une lettre que j'ai
déjà citée et dont d'autres passages sont à rete-
nir :

> *Georges Maurevert, mon vieil ami,*
> *Votre papier m'a ému jusqu'aux larmes. La*
> *vie est plus étrange que la fiction... Mais où est*
> *la fiction? Est-ce ma vie présente?... Maintenant*
> *je vous écris sur un lit où la fièvre m'oblige à*
> *faire un stage, entre deux luttes.*
> *Lutter, créer, être libre... Mais, mon bon*
> *grand ami, votre camarade de Nice, votre Jean*
> *Galmot est un homme usé, très vieux, couvert de*
> *cicatrices.*
> *Pour marquer sa place, comme il faut être*
> *fort!... J'ai connu dans la jungle de Cayenne un*
> *vieux chat-tigre qui régnait sur une île. Il n'avait*
> *plus de poils, il était borgne; ses pattes, broyées*

dans les combats, le soutenaient à peine. Il vivait
cependant, toute l'île lui appartenait; les singes
eux-mêmes fuyaient ses yeux; il était l'image de
la force. Son corps épuisé rayonnait d'orgueil.
Lorsqu'il est mort, les chacals et les urubus ont
respecté son cadavre.

J'ai vécu la vie de mon ami le chat-tigre... La
jungle qui tue ne m'a pas eu; elle me fera grâce
parce que je l'aime d'un amour fervent, parce
que je lui dois tout, parce qu'elle m'a appris à
être libre. La jungle est l'ennemi loyal et sûr,
qui frappe en face, qui prend à bras-le-corps.
L'adversaire hideux et bête, qui torture et qui
fuit, le plus redoutable ennemi dans la jungle,
c'est l'homme...

Lorsque j'eus pris à la brousse le terrain sur
quoi j'ai bâti ma maison, lorsque j'eus ensemencé
mon champ, j'ai rencontré l'ennemi, la bête
humaine... Ah! l'effroyable lutte!...

Non, je n'ai pas 35 millions...

Imaginez un serf du Moyen Age qui aurait
entouré sa terre d'une haie d'épieux et qui vou-
drait défendre sa récolte contre le seigneur armé.
Cette gageure est la mienne...

Je ne dois mon succès qu'à mon courage. Je
ne suis ni un spéculateur, ni un mercanti. Je
suis un colon des Antilles qui vient en France

*tous les ans, défendre contre les voleurs le pro-
duit de sa récolte...*

L'homme qui écrit cette lettre n'a que quarante ans.

V

« SIX MILLIONS POUR UN CROCODILE!... »

Au fond du Périgord noir, dominant la vallée sinueuse de la Dordogne, haut perché, le château féodal de Montfort...

Il restait encore en France, écrit Jean Galmot dans une lettre à Mme de Caillavet, *il restait encore en France un coin ignoré du Club des Cents, du bétail en troupeaux de Cook, et des mauvais riches.*

Des maisons aux toits de pierres, des vallées tantôt lourdes de noyers trapus et noirs, tantôt délicates et élégantes sous les peupliers argentés et, dominant l'horizon dans une brume opale, des citadelles qui sont les statues de ce peuple, des bastides où vivent les âmes de nos pères...

Loin du chemin de fer, au bord d'une forêt millénaire, peuplée de sangliers, de renards, de loups, Montfort a gardé les portes, les enceintes, les murs et les fossés du Moyen Age. De tous temps, ce pays a été un champ de bataille et un carrefour d'invasions.

Les révoltes des esclaves, sur les mines de fer attenantes au château, à l'époque romaine; l'invasion sarrasine; l'occupation anglaise au XVe siècle ont fait de cette terre un champ de martyrs. Les guerres de religion ont dressé Montfort contre Sarlat au XVIe siècle, cependant que les paysans de la vallée se soulevaient dans cette Révolte des Croquants qui ensanglanta le centre de la France.

Des terrasses de Montfort on voit à l'horizon les citadelles de Domme, Beynac et Castelnau, et la forêt que coupe en ligne droite la voie romaine, étroite et pavée, tracée au cordeau...

Le château de Montfort est depuis quelque temps la propriété de ce Jean Galmot, brasseur d'affaires et planteur d'outre-mer. Aujourd'hui, le silence y règne, une atmosphère d'agonie. On n'entend plus le bruit des autos, des avions, on n'aperçoit plus la silhouette du maître.

Que s'est-il passé?

On a vu M. Pachot, commissaire aux délégations judiciaires, y pénétrer, sa serviette sous le bras, un matin que le ciel était couleur d'aile de pigeon et l'air déjà chaud.

Que s'est-il passé? Que vient faire M. Pachot dans cette retraite?...

Nous sommes en 1921.

Depuis moins de cinq ans Jean Galmot n'est plus un « brillant second » dans une grosse affaire; il a conquis son indépendance.

Il travaille seul.

Cette fois-ci, il a réussi.

Déjà, en 1913, il avait essayé de s'émanciper, mais on lui avait cassé les reins et il avait dû rentrer dans le rang.

Le domaine colonial de la France appartient à un petit groupe de grandes firmes qui contrôlent la vie économique de notre empire d'outre-mer. Les maisons syndiquées n'admettent aucune concurrence. Je me suis attaqué à ces grands seigneurs féodaux. J'ai entrepris d'affranchir de la domination qui les opprime, les planteurs et les petits colons qui, comme moi, sont partis de rien.

Ces lignes sont de Jean Galmot. Elles sont explicites.

Résumons-nous.

1906. Jean Galmot débarque pour la première fois en Guyane. Il s'y attache. Il y jette les bases de son avenir.

Son travail attire l'attention des Guyanais et des capitalistes de Paris. Jean Galmot s'impose. La maison Chiris décide de s'installer en Guyane et Jean Galmot est nommé directeur du comptoir à Cayenne.

Il travaille d'arrache-pied, réussit de multiples entreprises, donne une importance inattendue à l'affaire dont il a la responsabilité. Il cherche une première fois à se rendre indépendant et fonde une maison autonome à son nom. Mais il n'est pas assez solide et retourne, en 1913, à la tête des comptoirs Chiris.

1917. Jean Galmot s'affranchit définitivement. *La concurrence est la condition nécessaire pour que le commerce et l'industrie se développent,* dit-il. Tout le monde n'est pas de son avis...

La Guyane est un des plus riches pays du monde. C'est son leitmotiv.

Pourquoi ne devrait-il pas y avoir une place pour la maison de Jean Galmot?

S'il ne l'eût fait de lui-même, tous les Guyanais dont il s'était fait l'ami fidèle et dévoué
l'eussent forcé à le faire. Car voilà un homme
qui, dès son arrivée, s'est aperçu que ces Noirs
(et ces Indiens) ne sont pas des êtres d'une race
inférieure, mais des hommes, donc des frères, et
qu'au surplus ce pays est le leur; que, par conséquent, ce qu'il produit est aussi à eux, et qu'ils
doivent en profiter... C'est là tout le secret de son
succès. Le jour de sa mort, le pays se révoltera
contre ses adversaires.

1917-1921.

Les dates et les événements vont se précipiter.

Jean Galmot est à Paris.

Il est d'une activité inouïe. Il ne lui suffit pas
que toute sa journée soit prise par son travail
commercial et financier : il trouve encore, de
quatre à sept heures du matin, le temps de s'occuper de son œuvre littéraire, cette oasis qu'il
n'oublie jamais.

Il a ouvert des bureaux, 14, rue Duphot. Un
immeuble des Champs-Elysées hébergera bientôt
les nombreux services des Etablissements Jean
Galmot.

Ces comptoirs qu'il avait créés autrefois, avec
les moyens limités dont il disposait, il les reprend, sur une plus vaste échelle. Son génie d'or-

ganisation, l'ampleur de ses vues, son habileté extraordinaire lui permettent de ne pas donner de bornes à ses entreprises.

En quelques années l'ascension de sa firme est foudroyante.

Comment Jean Galmot pouvait-il se limiter à la seule Guyane, qui est pourtant sa terre de prédilection, « sa patrie », dira-t-il délibérément.

Il ouvre donc des comptoirs à la Guadeloupe, à la Martinique, au Venezuela, à la Réunion, à Porto Rico, à Colon, à Panama, à Trinidad, et jusque sur les côtes occidentales de l'Afrique et dans l'Inde.

La Guyane ne sera pas le seul pays dont « toute la vie économique dépendait de l'organisation commerciale et industrielle créée par Jean Galmot ». Citons, par exemple, ce fragment de lettre écrite par l'un des plus importants négociants de la Guadeloupe :

... La prospérité sans précédent, dans l'histoire coloniale de la Guadeloupe et de la Martinique au cours des dernières années, est due à l'activité que M. Galmot a dépensée pour le développement de l'industrie et du commerce rhumier. Les capitaux importés dans nos vieilles colonies, grâce au concours de M. Galmot et distribués en

salaires dans le pays, se sont élevés à la Guade-
loupe, à la Martinique et à la Réunion à plus de
150 millions...

Veut-on d'autres chiffres, d'autres faits?

Il a à sa disposition quarante-deux bateaux,
qui, sous son pavillon, font la liaison entre ses
comptoirs et lui servent à ravitailler la France.
Un seul, le *Salybia,* sera torpillé.

Il introduit en France le blé d'Argentine, les
rhums, le café, le cacao, le caoutchouc, etc. Il
organise ses entrepôts de Paris, Dunkerque, Le
Havre, Nantes, Bordeaux et Marseille. Son mouvement d'affaires dépasse deux millions par jour.

Il crée, à Paris, les Etablissements métallur-
giques Jean Galmot où l'or natif qu'il importe
de Guyane est fondu, affiné, manufacturé; à Carcassonne, des usines à bois et une tonnellerie
pour traiter les bois d'ébénisterie et fabriquer les
fûts et les caisses pour son propre approvision-
nement; à Asnières, une usine pour traiter la
gomme de balata; en Guyane même, trois usines
pour la distillation du bois de rose; en Dordogne,
l'industrie des terres de couleur, à Sarlat, et celle
du plâtre, à Sainte-Sabine.

Rien ne lui est étranger. Il fonde une agence
journalistique, commandite des journaux, des

revues, une maison d'édition, subventionne des producteurs de films, des restaurants corporatifs, s'occupe de théâtre, entretient des écrivains et des peintres.

Il est le grand pionnier de l'aviation civile.

C'est un homme rongé par la fièvre et infatigable.

Louis Chadourne, qui fut l'un de ses nombreux secrétaires, le décrivit :

A voix basse, les yeux à demi fermés, il dicte à sa dactylo, étendu sur une chaise longue, des ordres, des lettres, résout des problèmes compliqués où il est question de connaissements, de cargaisons, de frets et de traites. Le principe est qu'il ne doit jamais sortir d'argent des caisses, dit-il. Les affaires, c'est un jeu d'échecs. Une vente à San Francisco compense un achat à Trinidad. Il aime cette attitude de tigre nonchalant. Le pli des lèvres est incisé cruellement; le nez grand, courbe; les yeux enfoncés, brillants; le front vaste; les moustaches ébouriffées. Capable de sympathie, d'amitié et de tendresse.

Mais que pensent de cette prospérité inouïe les concurrents de Jean Galmot?

De 1917 à 1921 Jean Galmot vécut ses années les plus ardentes, les plus riches en péripéties, les plus dramatiques aussi.

C'est l'ascension.

On le laisse faire.

Son succès surprend.

On travaille avec lui.

Puis, on commence à s'étonner.

Ce diable d'homme vient troubler le train-train coutumier des affaires. Il a une façon à lui de procéder. Il est trop personnel, trop indépendant. (Plus tard, à la Chambre, il ne s'inscrit à aucun parti et figure dans le petit groupe des « sauvages ».) Il voit toutes les affaires sous un angle que l'on n'a pas l'habitude d'envisager, et, très souvent, le bénéfice qu'il peut espérer d'une affaire n'est pas toujours le seul mobile qui la lui fasse réaliser. Ainsi, pendant la guerre, au moment de la disette du sucre, il envisage de faire venir en France, grâce à trois de ses cargos qui sont momentanément disponibles, une cargaison de sucre des Antilles, sucre qui serait vendu directement au public, 1 fr 50 le kilo, au prix coûtant. Cette opération va gêner trop de monde... Un décret paraît aussitôt dans un coin perdu du *Journal officiel* qui interdit l'entrée en France aux bateaux ayant fait escale dans cer-

tains ports qui sont situés, comme par hasard, sur
le parcours que doivent suivre les cargos de Jean
Galmot. Ses capitaines câblent à Galmot : « On
veut nous forcer à jeter notre chargement à la
mer, en vertu d'un nouveau décret. » Jean Galmot court protester au ministère des Colonies :
« Mais vous voulez donc démoraliser le marché? »
lui répond-on. Ainsi, tous les autres importateurs
vont pouvoir pratiquer leur prix. L'un des parlementaires qui se réjouira de cette conclusion
est M. Stanislas de Castellane, gendre de l'un de
ces gros importateurs américains. Comme par
hasard, il se trouvera être le rapporteur de la
Commission des Marchés dans la fameuse « affaire
des rhums », et chargera Galmot à fond...

Comme on le voit, cette façon héroïque d'envisager les affaires n'est pas du goût de tout le
monde.

Galmot devient dangereux.

Alors commence une lutte violente et acharnée
dont les péripéties paraissent inconcevables.

On a peine à imaginer de pareils épisodes, à
Paris, de nos jours. Tous les moyens sont bons.
Il se trouve des journaux pour consacrer leurs
colonnes, tous les jours, à attaquer cet homme.
Calomnies, insinuations, mensonges, cette cam-

pagne est de la dernière violence. Plus de trois
mille personnes vivent de l'organisation commerciale créée par Jean Galmot, on n'en a cure. Les
sentiments et les idées ne comptent pas. Toutes
les perfidies sont bonnes pour atteindre celui
qu'on veut abattre. Les juges sont faits pour
accueillir les dénonciations. Les murs de Paris
seront recouverts d'affiches où Jean Galmot se
verra accusé des crimes les plus variés. Et si
cela ne suffit pas, on pourra avoir recours au
revolver.

Tout ceci ne se passe pas à Chicago, mais à
deux pas de la Madeleine!

J'exagère?

On peut lire l'histoire dans les journaux de
l'époque.

Le 13 août 1919, un certain Angelvin, fondé
de pouvoirs d'une puissante maison concurrente,
est arrêté dans le bureau de Jean Galmot. Il a
été surpris le revolver à la main par deux inspecteurs de la Sûreté qui se trouvaient cachés
dans une pièce voisine et qui ont été témoins
d'une longue scène de menace et de chantage...

Jean Galmot sait se défendre. Il gagne du terrain. Les plaintes déposées contre lui se termi-
nent par des non-lieu. Il répond victorieusement

aux attaques d'une certaine presse. Il tient bon.

Mais voici un fait nouveau : à la signature de la paix, la presque unanimité des maires et conseillers généraux de la Guyane ont délégué à Paris le maire de Cayenne, M. Gober, pour qu'il offrît à Jean Galmot de se présenter à la députation.

Voici que s'offre à lui un moyen merveilleux d'aider à l'affranchissement de ses frères noirs, de ceux qu'il appelle « *mes enfants* » et qui commencent à le nommer « *papa Galmot* ». Jean Galmot, député, va devenir encore plus gênant, il va pouvoir imposer ses méthodes absurdes de colonisation...

Ses ennemis demandent à traiter. On veut le voir. On lui propose de l'argent. Il refuse.

Il n'accepterait qu'un compromis : amitié, paix, et que chacun travaille pour soi, pour son propre compte, loyalement.

Mais ce n'est pas ce compromis qui peut satisfaire ses adversaires.

Alors, on abat les cartes et on lui pose l'ultimatum : qu'il abandonne la Guyane, sinon, coûte que coûte, il sera ruiné! Et comme Jean Galmot ne faiblit pas et ne cède pas, on va jusqu'à changer le fusil d'épaule : ses concurrents s'en iront, on lui laissera la Guyane, mais il paiera *six millions* et ne sera pas candidat à Cayenne...

On lui demande six millions pour les comptoirs de ses concurrents, six millions pour des établissements qui n'ont plus de clientèle depuis que Jean Galmot est à la tête de sa propre maison, six millions pour des affaires qu'il connaît bien et qu'il n'évalue pas à 50 000 francs, six millions... Ah! le rire de Jean Galmot!

« *Six millions pour un crocodile!...* »

Voilà ce que répondra Jean Galmot.

Alors, c'est la déclaration de guerre, le 4 juillet 1919.

Jean Galmot a posé sa candidature à la députation.

Il a accepté la lutte.

Le 27 juillet 1919 on porte plainte contre lui, pour abus de confiance et escroquerie.

Mais, le 13 août 1919, Angelvin est arrêté pour tentative de chantage.

Et, le 30 novembre 1919, Jean Galmot est élu député de la Guyane, à une grosse majorité, après une campagne triomphale.

Il gagne la première manche.

Ces mois qu'il venait de passer en Guyane pour préparer son élection lui avaient donné

confiance en son étoile. Son triomphe inimagi-
nable lui permet de surmonter son mauvais état
de santé. Il est en pleine forme. Il parcourt le
pays en avion. Une nuit on essaie de couler son
appareil, ce n'est qu'un épisode sans importance...

Le pays était heureux. « Les mauvaises gens
n'avaient pas pu l'emporter sur papa Galmot. »
Les Guyanais s'attendaient à une renaissance de
leur patrie. Les autorités n'en revenaient pas...

Et voilà que Galmot débarque en France, son
mandat en poche. Sa mission l'émeut. Il vient ici
défendre le bonheur de quarante mille hommes
qui ont mis leur confiance en lui, et qu'il aime.

Que trouve-t-il à Paris?

Des affiches effarantes où on le présente
comme un spéculateur effronté, un mercanti,
un nouveau riche, un profiteur, un noceur, un
suisse, un aventurier, un joueur, un cynique, un
homme qui devrait être en Guyane, mais pas en
liberté... Que diraient de cela ces quarante mille
Guyanais qui l'ont vu à l'œuvre, qui le connaissent depuis quinze ans et qui l'ont envoyé à Paris
défendre leurs droits?

Dans cette campagne de presse, le journal *La
Lanterne* se distingue tout particulièrement. Ses

attaques contre Jean Galmot commencent, comme par hasard, le 11 juillet 1919... Des centaines d'articles, à manchettes sensationnelles, y paraîtront, auxquels, de temps en temps, Jean Galmot est forcé de répondre par des lettres que *La Lanterne* insère sans commentaire.

Au début, Jean Galmot n'est désigné que comme un homme d'affaires dont d'autres se sont servis. Ce 11 juillet, il y est même traité, sans ironie, de « *négociant d'ailleurs honorablement réputé* ». Le lendemain, on déclare qu'il n'a été « *qu'un instrument aux mains de ceux qui le manœuvraient* ». Le 17 juillet, *La Lanterne* insère une lettre de protestation de Jean Galmot et la commente fort correctement. Et, jusqu'au 8 août, Jean Galmot ne sera attaqué qu'avec modération.

Mais, à partir du 8 août, tout change. Les attaques se font violentes et Galmot demeure la seule cible. Le 13 août, on lui souhaite le bagne. Faut-il rappeler que ce même jour avait lieu l'arrestation d'Angelvin?

La campagne continue, avec des haltes soudaines, et ce n'est qu'en 1920 qu'elle se fait plus copieuse, pour augmenter d'intensité dans les derniers mois de l'année, au cours desquels les accusations portées par *La Lanterne* à propos de

« l'affaire des rhums » vont émouvoir l'opinion publique et susciter une enquête à la Chambre des députés.

Et Jean Galmot?

Il parait. Il ripostait. Il travaillait sans trêve. Et, dès qu'il avait quelque loisir, il allait passer un jour ou deux dans son Périgord, dans ce château de Montfort qui était devenu sa propriété, et où, disait-on, il vivait comme un satrape...

Comme un satrape, entre sa femme et son fils, un enfant bizarre que les médecins disaient atteint de démence précoce.

VI

L'AFFAIRE DES RHUMS

Séance du mercredi 16 février 1921, à la Chambre des députés.

Voilà deux ans que l'on parle de cette troublante « affaire des rhums » qui remonte aux jours lointains de l'armistice. Depuis deux ans, quelques journaux, un ancien sous-secrétaire d'Etat, des présidents de commissions, s'acharnent contre un homme qui, par ailleurs, est devenu l'un des rois mystérieux de ce Paris de l'après-guerre, désenchanté et nerveux.

Cet homme c'est Jean Galmot.

Que sait de lui l'opinion publique? On le lui présente comme un spéculateur éhonté et sans scrupules. Elle voudrait bien comprendre quelque chose à cette « affaire des rhums »...

Sur la demande de M. Boret, ministre du Ravitaillement, une instruction judiciaire a été ouverte, des perquisitions ont été effectuées aux bureaux des Etablissements Jean Galmot, des inspections sévères ont eu lieu en Guyane et aux Antilles.

Tout cela s'est déclenché brusquement.

Une sentence de non-lieu, précise et nette, est venue donner une conclusion à cette suite de péripéties.

Néanmoins l'orage continue à gronder. Quelques journaux n'ont pas cessé d'attaquer le député de la Guyane, et leur campagne a repris de plus belle. Le président de la Commission des Marchés, M. Simyan, et le rapporteur sur l'affaire des rhums, M. Stanislas de Castellane, vont déposer, paraît-il, sur le bureau de la Chambre une résolution tendant à rouvrir l'instruction contre les responsables de cette « affaire des rhums »...

Alors? L'opinion publique n'y comprend plus rien. Le juge d'instruction a-t-il rendu une sentence de non-lieu, oui ou non? Il est vrai que le premier rapporteur dans cette question, M. Mercier, a déclaré que M. Jean Galmot était un accapareur, un escroc, et qu'il avait réalisé, déloyalement, une vingtaine de millions de bénéfices. Mais alors? Et le juge d'instruction? Et son non-lieu?

Un coup de théâtre : Jean Galmot s'est enfui!

Deux jours après, on est forcé de démentir. Malade, fatigué, Jean Galmot est allé prendre quelques jours de repos à Pegli, sur cette Riviera italienne qui lui rappelle les années de sa jeunesse, et qu'il aime toujours. Là, un ami accouru ne le trouve pas du tout en train de travailler au discours qu'il lui faudra prononcer à la Chambre des députés pour se défendre : Jean Galmot achève son livre : *Un mort vivait parmi nous.*

Et le jour dit il sera au Palais-Bourbon.

Pour la première fois il montera les marches de la tribune, se présentant à 560 parlementaires qui ont l'intention ferme de le juger.

« Grand, élancé, visage osseux, cheveux noirs... C'est une sorte d'errant mi-poète, mi-homme d'affaires, un de ces hommes qui évoquent l'image des Frères de la Côte dont Louis XIV savait utiliser les goûts d'aventures pour être les pionniers de l'influence française », écrira le lendemain *Le Temps,* journal grave.

On s'attendait à une suite d'interjections d'un

mercanti gras et onctueux, ou aux tirades d'un
requin, comme la légende commence à popula-
riser les profiteurs de la guerre.

On voit un homme pâle et fiévreux, mais plein
de fermeté et de sang-froid, qui parle d'une voix
assourdie, laissant percer parfois une émotion
profonde. Pas de gestes, aucun éclat de voix :
mais un regard fort et terriblement intelligent.

« Si ma voix me trahit, si mon inexpérience
de la tribune vous fatigue parfois, je vous demande de penser que, plus habitué à courir les
routes du monde qu'à parler en public, et,
d'autre part, à peine convalescent, je me présente
devant vous dans des conditions physiques assez
pénibles », voilà les mots par lesquels il débute,
pour passer aussitôt, avec une clarté à laquelle
ses auditeurs ne sont pas habitués, à l'exposition
de l' « affaire des rhums ».

Ce ton impressionne l'assistance, qui est bien
forcée de rentrer ses griffes : une dignité indé-
niable anime cet homme, et une maîtrise de soi,
qui laisse voir qu'il faut renoncer ici aux communes mesures.

« Sur un ordre du G. Q. G., basé sur l'épidémie de grippe, les services de ravitaillement
ont réquisitionné, le 10 octobre 1918, tout ce qui
se trouvait [de rhum] tant dans les entrepôts de

douane que dans les entrepôts particuliers. Le 20 octobre, la réquisition a été levée sur les stocks en entrepôts particuliers, c'est-à-dire sur les stocks des négociants en gros, et n'a été maintenue que sur les stocks des entrepôts de douane, c'est-à-dire sur les stocks des producteurs dans les ports... Les négociants en gros qui détiennent des stocks dans les entrepôts particuliers ont donc vu se réaliser tout à coup, à leur profit, l'accaparement. »

Ainsi, en quelques mots, l'affaire est-elle exposée : Jean Galmot évalue à 30 millions les bénéfices réalisés par les négociants en gros à qui l'abondante consommation nécessitée par l'épidémie de grippe et, d'autre part, l'immobilisation des stocks en douane vont permettre d'augmenter le prix de l'hectolitre de 600 francs à 1 200 francs environ.

« Il faut maintenant rechercher, c'est votre devoir, qui a gagné ces 30 millions au minimum... Il ressort de la façon la plus nette, des déclarations de l'honorable rapporteur de la Commission des Marchés, que je suis le bénéficiaire de cette opération. Voici maintenant la vérité. J'appartiens à la catégorie des producteurs, des importateurs en entrepôts de douane.

Le jour où la réquisition a été appliquée, au début d'octobre 1918, je n'avais pas un litre de rhum en entrepôt particulier. Je mets au défi quiconque de démentir cette précision : du 10 octobre 1918 au 1ᵉʳ février 1919 je n'ai pas eu un litre de rhum à ma disposition. Je n'ai pas vendu ni livré un litre de rhum. »

Et ici Jean Galmot passe à l'attaque : ces stocks de rhum en douane sur lesquels a été maintenue la réquisition au bénéfice des stocks des entrepôts particuliers, n'auraient pas dû être touchés, d'après la garantie de la Commission des rhums et sucres, car ils étaient le solde de la récolte dont le 75 pour cent avait déjà été réquisitionné aux colonies. En outre, ces rhums en douane devraient être payés par le ravitaillement sur une base de 600 à 650 francs l'hectolitre, tandis que ceux se trouvant déjà aux mains des négociants en gros auraient pu être réquisitionnés, parce que de fabrication plus ancienne, sur une base de 300 à 400 francs l'hectolitre.

Cela ne suffit pas au député de la Guyane : il affirme que jamais le G. Q. G. n'a ordonné cette réquisition, car les magasins de l'arrière regorgeaient de rhum et que les seuls responsables en sont les services du ravitaillement.

A ce moment, la Chambre est ébranlée : on commence à regarder avec attention cet homme grand et énigmatique qui se défend avec calme et n'attaque pas pour le plaisir de riposter, mais pour montrer ce que peut être la clairvoyance d'un commerçant réaliste. Les quelques répliques du rapporteur ou du président de la Commission des Marchés qui viennent interrompre le discours de Jean Galmot, impatientent l'Assemblée.

Le député de la Guyane va plus loin : il soulève, pour un instant, le rideau et laisse voir ce qui se passe dans les coulisses. Il déclare que cette « affaire des rhums » n'est qu'une phase de la lutte pour la possession du marché mondial des grains, lutte menée par le sous-secrétaire au ravitaillement Vilgrain, tour à tour contre son ministre, M. Victor Boret, et contre son ancien allié, M. Louis Dreyfus...

« La réquisition m'ayant enlevé la totalité de mon stock de rhums, la totalité de mes marchandises, je me suis trouvé, le 15 octobre, dans une situation financière inextricable », ainsi continue le député de la Guyane. Et il prouve que tous les importateurs s'étaient vus dans la même situation, car les « bons de réquisition n'étant payés qu'à date indéterminée, parfois plus de dix-huit mois après la livraison », il leur eût été ardu de trouver des accommodements avec leurs banquiers. Aussi une formule d'accord amiable proposée par le Syndicat des Ports fut acceptée, « la livraison de 50 000 hectolitres tout de suite à l'Intendance, l'Intendance nous rétrocédant, en France et aux colonies, la marchandise qu'elle nous prenait ». Et, comme les Etablissements Jean Galmot étaient les seuls à avoir l'organisation technique et l'outillage nécessaire pour recevoir en onze mois les marchandises de l'Intendance et les transporter en France, ils furent forcés de racheter tout le stock des autres importateurs, seule condition pour que l'accord amiable pût s'effectuer.

« Tout le rapport de M. de Castellane, tous les développements qu'il a apportés ici, consistent à vous dire : « A la suite de la réquisition, M. Galmot a accaparé le commerce des rhums. »

« Tous les témoins viennent vous déclarer : « Il ne peut être question d'accaparement, « puisque vous avez imposé cette mesure à « M. Galmot. »

« M. LE RAPPORTEUR. — Alors, vous n'aviez aucun intérêt dans l'opération? C'est par amour pour vos coprestataires que vous l'avez faite?

« M. GALMOT. — M. le Rapporteur me demande quel intérêt j'ai eu à faire cette opération.
Je me trouvais dans la nécessité de faire face à
des échéances de 9 millions, alors que je n'avais
pas de marchandises et que je n'avais rien en
contrepartie. On m'a présenté une proposition
qui me permettait de financer l'affaire chez les
banquiers. Je l'ai acceptée, contraint et forcé. »

Cinq cents députés étaient réunis là, leurs
regards convergeaient sur cet homme qui s'expri-
mait avec la plus grande clarté et qui laissait
percevoir dans son ton une humanité que l'on
ne trouve pas, d'ordinaire, dans l'exposé d'affaires financières ou commerciales. Ils étaient
venus là comme des juges investis d'un mandat
précis, et convaincus, initialement, de la culpa-
bilité de cet homme. Et maintenant, troublés,
émus, ils ne pouvaient s'empêcher d'accueillir
avec désapprobation les interruptions et les
répliques de MM. Stanislas de Castellane et
Simyan.

« ... L'Etat s'est trouvé contraint de restituer
sa marchandise dans un délai beaucoup plus
court que celui qu'il avait prévu, parce qu'il
s'est produit le grand événement de l'Armistice
et parce que nous retrouvons toujours à la base

l'ordre de réquisition du 10 octobre 1918, parce
que l'Intendance a dû dire au ministre : « Lors-
« que vous avez réquisitionné les rhums, mes
« magasins en regorgeaient... Le ministre du
« Ravitaillement, saisi des doléances de l'Inten-
« dance et des stations-magasins, n'a pas cru
« devoir maintenir l'application stricte de la
« livraison en onze mois. Il a livré plus tôt... »

Ces explications étaient convaincantes :
MM. Simyan et de Castellane ne trouvaient
rien à leur opposer.

Ils s'entêtèrent. Et on entendit Jean Galmot
parler encore plus vivement :

« ... A ce moment je pensais avec anxiété à
cette maison que j'avais passé quinze ans de ma
vie à mettre debout. J'avais tant lutté, tant
souffert sous les plus mauvais climats du monde.
Et je sentais qu'il y avait, derrière les attaques
dont j'étais l'objet, une force mystérieuse, une
manœuvre dont je ne pouvais connaître les dessous et qui menaçait de faire s'effondrer cet édifice que j'avais eu tant de mal à construire.
Savez-vous, messieurs, ce que représente, de
labeur et de lutte, la création d'une maison
coloniale telle que celle que j'avais créée? J'ai
quitté les colonies depuis très peu de temps et
je connaissais mal et très peu le monde politique

et le monde des affaires. Vous me dites : « Il y
« a eu corruption; vous avez essayé de corrom-
« pre, d'acheter les services du ravitaillement. »
Comment? Dans quelles opérations? J'aurais
acheté ces services qui m'ont mis dans la posi-
tion critique, désespérée où je me suis trouvé?
Je ne comprends plus... Monsieur de Castellane,
au moment même où le ministre du Ravitaillement, M. Boret, s'affirmait de pareille façon
mon complice, au début de mai 1919, pendant
qu'il arrêtait la vente des rhums de l'Intendance pour me permettre de faire une spéculation à la hausse, à ce moment, M. Boret dé-
posait la plainte qui a arrêté net, tout à coup,
mon activité. Pour la première fois de ma vie,
monsieur de Castellane, moi, qui ne suis qu'un
ouvrier, dont les mains, je vous le jure, sont
propres, j'ai eu à répondre, dans le cabinet d'un
juge d'instruction, d'une accusation que je ne
comprenais pas, qui ne reposait sur rien, sur
aucun commencement de preuve. A ce moment-
là, j'ai haï de toute ma haine cet homme dont
on veut faire mon complice, car c'était lui qui
me menait à la ruine et qui me déshonorait... »

La voix de cet homme, assourdie, âpre, tra-
verse l'hémicycle extraordinairement silencieux.

On entend des interruptions : « Je me demande ce qu'on nous veut exactement », prononce M. Marius Moutet. « C'est contre la chose jugée », crie M. Marcel Habert, dans la direction du président de la Commission des Marchés. L'Assemblée refuse d'entendre les explications de M. Simyan, président de la Commission des Marchés.

C'est seulement dans une séance de nuit, que M. Simyan peut s'expliquer, au milieu des protestations de l'Assemblée. Il essaie, avec l'aide de M. de Castellane, de charger encore Jean Galmot. Il tente des diversions, passe d'un sujet à l'autre, mais à chaque occasion le député de la Guyane lui oppose des faits précis, qui laissent son antagoniste pantois.

La séance se termine fort piteusement pour M. Simyan, nous dit le *Journal officiel*.

« M. LE PRÉSIDENT DE LA COMMISSION. — Je voudrais terminer...

« M. LE PROVOST DE LAUNAY. — Oui, terminez et le plus tôt possible. Nous en avons assez!

« M. CHARLES BERNARD. — Ce sont des débats lamentables. (Applaudissements.) »

L'ordre du jour de M. Pierre Joly qui repousse nettement la résolution de la Commission des

Marchés et confirme la confiance de la Chambre dans les décisions de la Justice, cet ordre du jour qui jette bas tout ce qu'avaient ourdi M. Simyan et M. de Castellane, est voté par 574 députés sur 577, à la presque unanimité.

A M. Simyan qui s'obstinait, un député, M. Levasseur, a crié : « Vous parlez toujours de Rhum. Et l'affaire Cognacq? » Le mot a fait rire. On l'a retrouvé le lendemain dans tous les comptes rendus. Il définit certains parlementaires : deux poids et deux mesures. Il y avait belle lurette que M. Simyan ne parlait plus de l'affaire Cognacq...

C'était, somme toute, un triomphe pour Jean Galmot.

Mais il n'avait pas tout dit : il n'avait pas décrit l'énorme préjudice que lui avait porté l'enquête judiciaire de mai 1919; il n'avait pas révélé que, par suite de la réquisition de ses stocks à une époque de hausse, puis de la rétrocession hâtive à une époque de baisse, sa maison perdait, grâce à cette affaire, 1 592 340 francs, alors que MM. Mercier, de Castellane, et Simyan avaient conclu à un bénéfice de 15 à 30 millions!

C'était là une chose qu'il ne fallait pas crier

sur les toits : on rattraperait cet argent, il s'en
tirerait...

N'importe, c'était la première fissure dans le
magnifique édifice qu'il avait bâti. Et les temps
étaient proches où, en France, et partout dans le
monde, le règne de la crise financière et commerciale viendrait.

VII

BOIS DE ROSE. MISSION DE PROPAGANDE. LA
GUERRE. L'AGENCE RADIO. ACTIVITÉ PARLEMEN-
TAIRE. JOURNALISME. ' LOTERIE NATIONALE.
AVIATION.

LA Commission des Marchés avait été créée au
début de la Législature du Bloc national, le
9 mars 1920, dans le but de poursuivre sans pitié
tous les mercantis, les corrupteurs et les frau-
deurs. Elle avait 200 000 contrats de guerre à
examiner. Sur ces 200 000 dossiers, elle n'a
étudié à fond qu'une seule affaire, cette « affaire
des rhums » qui était la seule peut-être à n'avoir
occasionné aucun dommage et aucun débours à
l'Etat.

Quel a été par la suite le sort de cette Commission des Marchés? Elle s'égare dans le néant...

Et quelques mois après l' « affaire des rhums »,
une vacance s'étant produite dans le département de Saône-et-Loire, M. Simyan, président de
la Commission des Marchés, renonça à son
mandat de député et se fit élire sénateur. Puis
on perd ses traces dans le hall des pas perdus...

Mais cette Commission avait tout de même
obtenu un résultat. La Maison Jean Galmot,
déjà ébranlée par les pertes subies du fait de la
réquisition des rhums, se voit atteinte par le préjudice causé à son chef par les campagnes de *La
Lanterne,* les perquisitions, les attaques politiques, l'offensive menée contre son crédit dans les
banques...

Dans le bel édifice que Jean Galmot avait su
construire, « cette grande maison, solidement
bâtie, dont les fenêtres donnaient sur tous les
points de l'horizon entre l'Orénoque, l'Amazone
et les îles des Antilles », qu'il décrira à maître
Henri-Robert dans la dédicace de *Un mort vivait
parmi nous...* une fissure s'était produite, la première...

Fissure secrète, évidemment, qu'il sera facile
de cacher au public et qu'il pourra même com-
bler si on lui laisse quelque répit, mais qui n'ira
que s'élargissant...

Quel est le commerçant, l'industriel qui, à ce

moment, le plus grave de l'après-guerre, n'a pas des difficultés de trésorerie? L'Etat lui-même, et peut-être encore plus que les particuliers, est à deux doigts de la faillite. Et la France n'est pas le seul pays en pleine crise.

Mais Jean Galmot n'est pas homme à se décourager. Ces embarras... eh bien, raison de plus pour travailler.

Il multiplie son activité.

M. Pachot, au cours de ses visites au château de Montfort, 30, avenue des Champs-Elysées et avenue Victor-Emmanuel III (dans l'appartement qu'habitait à Paris Jean Galmot et où il avait établi son bureau politique) n'a pas tout pris. J'ai pu feuilleter durant quelques jours quantité de dossiers dont chacun est une preuve de l'activité et de l'intelligence du député de la Guyane...

Je trouve, dans une lettre de l'un des plus gros industriels d'aujourd'hui, deux faits qui se rapportent à Jean Galmot et qui me paraissent significatifs. Son audace n'était pas seulement sportive, comme celle d'un Alain Gerbault qui est parti de ce même port de Cannes, elle se double d'un résultat d'ordre pratique : il établit la liaison entre les producteurs d'outre-mer et les industriels de la métropole.

Pendant l'été de 1909, un voilier chargé de bois aromatiques de la Guyane arrivait au port de Cannes, venant directement de Cayenne. C'était un événement sans précédent pour notre région des Alpes-Maritimes qui est le principal centre de l'industrie de la parfumerie en France...

Voilà pour l'audace de Jean Galmot; et il n'était encore qu'un tout petit commerçant à ses débuts : mais on distingue déjà le *conquistador...*

... En quelques années, la production d'essence de bois de rose, qui pendant trente ans avait été de 12 000 à 15 000 kilos par an, monta à 30 000, 60 000 et 90 000 kilos par an, grâce à l'activité de Jean Galmot.

Et voilà pour les résultats qu'il savait obtenir...

C'est la guerre seulement qui va commencer à le rapprocher de Paris. Ses traversées de l'Océan en cargo, en goélette, sont devenues légendaires. En hiver 1914, ce planteur de la Guyane s'en vient en France pour essayer de

contracter un engagement volontaire. Ce dernier
geste parfait sa silhouette. Ainsi l'homme est
complet.

A plusieurs reprises, il essaiera, sans y par-
venir, de se faire engager. Ajourné en 1900,
exempté en 1902, toutes ses tentatives n'abou-
tissent à rien. En 1915, la réforme n° 2 vient
mettre un terme à son obstination. Mais son
insistance lui vaut d'être chargé par le Gouvernement de la République d'une mission de propagande et d'inspection dans les Etats de l'Amérique centrale. Mission bénévole, bien entendu,
point subventionnée : ce n'était pas la première
fois que cela lui arrivait...

Que va-t-il découvrir?...

« Il constate que dans une des petites répu-
bliques américaines l'homme qui fait fonction de
consul de France est un déserteur. Un peu plus
loin, le fonctionnaire qui représente en pleine
guerre notre République aurait à son service une
gouvernante allemande qui, en réalité, gouver-
nait la légation. Dans une colonie voisine de la
nôtre, le consul de France est un Allemand, et,
dans un pays neutre, ce consul est un Hollandais
à la tête d'une firme allemande », lisons-nous
dans la plaidoirie de maître Henri-Robert.

Comptez.

Cela fait quatre pots aux roses que Jean Galmot découvre. Quatre nouveaux adversaires qui
vont grossir l'armée des gens pour qui cet
homme est un danger public...

Don Quichotte avait-il peur? Prenait-il des
précautions avant d'attaquer les moulins à vent?
Non, jamais. Son enthousiasme le faisait agir. Et
quel sera le sort de Don Quichotte?...

J'ai dit l'importance du rôle joué par Jean
Galmot durant la guerre dans le ravitaillement
de la France.

Voilà ce qu'il pensait de la guerre : « Dans
cette guerre d'usure, la question d'argent prime
la question des effectifs. La victoire sera au grou-
pement qui imposera à l'adversaire le dernier
canon. Or les canons se fabriquent ou s'achètent
avec de l'argent. Je prétends que la guerre finira
du côté des Alliés, avec des armées de merce-
naires. Tous les cerveaux et tous les bras des
Alliés finiront par être appliqués à la fabrication des munitions, et ce dernier mot s'entend
dans le sens le plus large, le blé est munition au
même titre que l'obus... Si un cultivateur produit une valeur de cent francs de blé, si un
mineur extrait pour cent francs de minerai, il

faut ramener ce cultivateur ou ce mineur à son chantier et le remplacer dans la tranchée par un mercenaire qui ne coûtera au pays que la moitié ou le quart de cette richesse », dit-il dans des notes prises durant un voyage en Angleterre.

Aujourd'hui, on emploie en France, à tort et à travers, ce mot de « politique réaliste » créé par Ratzel, le grand géographe allemand. On entend par là désigner la mentalité des hommes d'action qui ont le courage de penser et d'agir en ligne droite, en allant jusqu'au bout de leur idée. A côté d'un Jean Galmot nos « réalistes » d'aujourd'hui font piètre figure...

Je voudrais essayer de montrer quelle a été l'activité de Jean Galmot à Paris, quand il vint s'y fixer, à la suite de la création de la Maison Jean Galmot et de son élection à la Chambre des députés.

J'ai déjà donné une liste, certainement incomplète, des établissements, comptoirs, usines, ateliers qu'il avait créés en France, aux Colonies et à l'étranger. Sa fonderie d'or notamment, sise 14, rue de Montmorency, juste en face des établissements de ses concurrents, les puissants seigneurs du monopole des Raffineurs d'Or, témoigne de sa belle crânerie ainsi que l'ouverture d'une

usine pour traiter la gomme de balata et se libérer des conditions draconiennes faites par le
Trust mondial des caoutchoucs aux planteurs.

Les résultats de sa mission au Centre-Amé-
rique et le sentiment que la propagande française à l'étranger n'était pas à la hauteur des
circonstances l'amenèrent à constituer un consortium de gros industriels, pour le compte desquels
il racheta de MM. Bazil Zaharoff et Henri Turot,
qu'il avait connus par l'entremise de MM. Fran-
çois Coty et Aristide Briand, l'Agence Radio. On
sait les services rendus à la France pendant la
guerre et après l'armistice par cette agence télé-
graphique. Ce qu'on sait moins, c'est que Jean
Galmot, au beau milieu des pourparlers, fut
abandonné par le consortium qu'il avait constitué et qui fut dissous à la suite d'une campagne
d'intimidation alimentée par une grande agence
d'information. Si bien que Jean Galmot se
trouva dans l'obligation de faire seul face aux
engagements pris vis-à-vis de MM. Zaharoff et
Turot, engagements qui se montaient à plus de
cinq millions...

Elu député, Jean Galmot se distingua dans la
politique aussi par son infatigable activité.

Il manifesta tout de suite son indépendance en ne s'inscrivant à aucun parti. Il demeura toujours dans ce petit groupe de « sauvages » que l'on ne pouvait apprivoiser. Néanmoins, on vit sa compétence abondamment utilisée par la Chambre du Bloc national. Il n'est peut-être pas inutile de montrer la variété des questions auxquelles il prêta son attention : vice-président de la Commission de la Marine marchande et secrétaire de la Commission des colonies et protectorats, il fut membre de la Commission des Transports aériens, du Comité d'Action républicaine aux Colonies françaises, du Conseil supérieur des Colonies, du Groupe des Députés coloniaux. Secrétaire du Groupe de l'Aviation, il appartint également au Groupe du Tourisme et de l'Industrie hôtelière, au Groupe de Défense du Commerce extérieur et d'Action française à l'étranger, au Groupe de Défense paysanne, au Groupe des Droits de la Femme, au Groupe parlementaire de l'Organisation régionale, au Groupe de Défense des Officiers ministériels, au Groupe de la Protection des Finances publiques, à l'Union coloniale française, à l'Institut colonial français, au Conseil technique pour la Guyane de la Ligue d'Exportation aux Colonies, et on le vit encore rapporteur pour la Chambre de l'Emprunt tuni-

sien, membre fondateur de la Ligue franco-ita-
lienne, membre titulaire du Syndicat de la
Presse coloniale, membre d'honneur de l'Association de la Presse parlementaire, et enfin, membre
d'honneur ou président d'une quinzaine d'autres
œuvres, sociétés, associations, alliances, unions et
syndicats d'initiative, à Paris, en Dordogne et
aux Colonies.

Son activité politique ne fut jamais souter-
raine, car (et cela ne fut pas étranger à la tiédeur
des sentiments qu'eurent toujours pour lui ses
collègues) il aimait peu le Palais-Bourbon et sa
faune, et ne se cachait pas pour le dire. Il écrivit
donc beaucoup dans *L'Œuvre*, *L'Information*,
La Dépêche coloniale, *Les Annales coloniales*,
etc.

Un leitmotiv serpente le long de tous les
articles qu'il fit paraître : la richesse des colonies, et en particulier de la Guyane, « le plus
riche pays du monde et la plus ancienne de nos
colonies ». Le peu qui reste à la France de son
grand empire colonial en Amérique, il fait tout
pour y intéresser les gens, s'acharne à expliquer
que l'avenir est là, que des richesses inépuisables
s'y trouvent, et ses paroles sont celles d'un
homme d'action plutôt que d'un parlementaire.

« ... Partir. Etre libre. N'avoir d'autre maître

que soi... La vie aux colonies est la plus grande
école d'énergie et de courage... Lorsqu'un
homme est tenté par le goût de l'aventure, des
voix autour de lui disent :

« ... Il est maintenant établi qu'un jeune
« homme qui part aux colonies est taré... Les
« colonies appartiennent à de grands seigneurs
« féodaux qui n'auront pour toi ni merci ni jus-
« tice... si tu tentes de résister, ils te casseront
« les reins.

« C'est pour cela qu'il faut dire au jeune
« homme résolu, que la vie coloniale mérite
« d'être vécue. C'est une vie ardente... Il faut
« choisir : être libre ou être esclave. Mais quelles
« joies lorsque le succès vient !... La vie n'est
« féroce pour vous que dans le milieu bourgeois
« qui vous oppresse. Si vous croyez à la beauté, à
« la justice, à la vie, tentez votre chance, allez-
« vous-en... »

Paroles d'un homme jeune que la lutte
enchantera toujours...

Se passionnant pour la recherche des moyens
d'enrayer la crise économique dans laquelle se
trouva la France au lendemain de la guerre, il
songea aussitôt à la Guyane.

A ce propos il est bon de rappeler que, comme

jadis Beaumarchais, il eut l'idée (et déposa sur le bureau de la Chambre une proposition de loi) d'une Loterie nationale, qui permettait de faire entrer dans les caisses de l'Etat six milliards par an. Cette loterie aurait comporté un montant de 500 millions de lots annuels, et était basée sur une émission mensuelle de 45 millions de billets de 25 francs. On écarta ce projet parce qu'on le trouva immoral...

Sans se lasser, Jean Galmot continua à exalter l'or et les forêts de la Guyane, prouvant que de là pourrait venir le salut invoqué et s'offrant, d'une manière toute désintéressée, pour organiser l'exploitation de la Colonie au bénéfice de la France.

Il montrait que pour la tractation d'emprunts à l'étranger, la Guyane pourrait être un gage sur lequel on devait compter. Etudiant de près toutes les questions d'emprunts, aux colonies et à l'étranger, au moyen des contacts fréquents qu'il avait avec des financiers anglais et américains, il les stupéfiait par sa compétence, telle que celle des ministres responsables, Klotz, par exemple, pâlissait à côté... Ils ne furent pas rares ceux qui pensaient dès cette époque qu'un homme pareil serait à sa place à l'administration suprême de l'Etat.

Détail à noter : pour l'exploitation intensive des trésors de la forêt guyanaise, Jean Galmot préconisait l'usage d'avions et hydravions, dont il avait déjà fait l'expérience.

Tout un chapitre serait à écrire sur « Jean Galmot aviateur ».

Faut-il rappeler qu'il avait créé, en Guyane, la première ligne régulière de transports aériens, reliant Saint-Laurent-du-Maroni et Cayenne à l'intérieur? Là où une pirogue mettait soixante jours, l'avion effectuait le trajet en deux heures. Des hangars au fond de la forêt, toute une installation ultra-moderne prouvaient, une fois de plus, que cet homme ne craignait pas de bousculer les idées bien assises et d'utiliser tout ce que le progrès scientifique lui offrait... La mort de Jean Galmot a fait que de nouveau soixante jours sont nécessaires pour parcourir un trajet qu'on accomplissait en avion en deux heures...

Mais il n'avait pas borné à la Guyane sa propagande. Fréquemment il batailla pour qu'aux autres colonies françaises fussent créées des lignes aériennes. Et en France même, il organisa un Tour de France aérien, avec ses propres appareils (le *Jean-Galmot* N° 1, le *Jean-Galmot* N° 2...), qui lui valut une grande popularité. Sa témérité était extrême. On le vit aller se poser, avec son avion, à Montfort, arrivant en triomphateur après son élection en Guyane... Atterrissage sur un terrain impossible, qu'il parvint à réaliser contre toute logique. Comment aurait-il pu ne pas céder au désir de rentrer au pays natal d'une manière aussi miraculeuse?

Homme aux yeux d'enfant, Don Quichotte : il y avait du bluff chez lui. Le bluff est-il incompatible avec le « réalisme »? A un certain degré, il devient de l'héroïsme, une manière d'action supérieure. Citons une lettre de M. Dick Farman, constructeur des avions « *Jean-Galmot* » :

Je ne puis donc qu'insister à nouveau pour que vous preniez toutes les précautions pour éviter un accident et recommandiez l'extrême prudence à votre pilote... de façon à éviter un incident ou un accident que nous déplorerions énormément. Surtout pour vous, Monsieur Galmot, qui avez entrepris d'innover le tourisme aérien. Peut-être puis-je également vous faire le même reproche d'avoir un excès de confiance et de penser que l'aviation est arrivée au même degré de sécurité qu'un voyage ordinaire en automobile...

C'est toujours le même homme, celui qui amenait à Cannes une goélette chargée de bois de rose de Guyane, qui ouvrait ses établissements juste en face de ceux de ses concurrents, qui continuera à aller au-devant de tous les dangers, qui aime la vie dans toutes ses manifestations, par amour de l'action et par goût du risque.

Ayant remporté la première manche contre ses adversaires, Jean Galmot se remet au travail, Au milieu de ses multiples occupations d'ordre parlementaire, technique, journalistique ou financier, rien ne vient le distraire de sa principale préoccupation : il faut que la Maison Jean Galmot se tire des difficultés où elle se trouve.

Il faut regagner le terrain perdu.

L'heure est grave.

Car les affaires ne sont pas les affaires.

VIII

LES AFFAIRES NE SONT PAS LES AFFAIRES

Non, les affaires ne sont pas les affaires.

Deux ordonnances de non-lieu avaient clos, à deux reprises, les instructions judiciaires ouvertes contre Jean Galmot.

Le 16 février 1921, par 574 voix contre 3, la Chambre avait montré qu'elle estimait inutile de donner une suite aux accusations lancées contre Jean Galmot par MM. Simyan, Mercier, de Castellane,... par *La Lanterne*,... et par ceux qui étaient derrière.

Mais la meute n'était pas contente : elle voulait la peau de l'homme...

Dans les papiers laissés par Jean Galmot et que j'ai pu feuilleter durant quelques heures, j'ai pu lire une note, qu'il dut écrire à l'époque de sa débâcle, et qui garde un accent pathétique dans son objectivité même. Voulant souligner les ardentes résistances qui accueillirent, à leur origine, les plus grandes entreprises coloniales, Jean Galmot rappelle quelques déclarations faites à l'occasion du lancement des actions de la Compagnie universelle du Canal de Suez, en 1858, actions qui ont fait par la suite la fortune de ceux qui les souscrivirent : « Tentatives d'escroquerie », affirme Lord Palmerston à la Chambre des communes; « Vol manifeste, canal impossible », écrit le *Globe,* journal officieux; « ... c'est creuser des trous dans le sable, dans un pays où la terre elle-même n'a pas de solidité! » dit le *Times,* et le *Daily News* : « Les romanciers les plus extravagants sont des enfants comparés au charlatan qui essaie de convaincre son auditoire que 250 Européens malades et 600 Arabes enrôlés de force accompliront cette œuvre stupéfiante du canal de Suez, sans argent, sans eau et sans pierre. »

On voit aujourd'hui une statue de Ferdinand de Lesseps à l'entrée du canal.

Et Panama? Les scandales, la prison et le déshonneur pour le vieil homme qui jugeait les grands de ce monde à leur valeur!

... La forêt de chênes-lièges qui pousse sur les 400 locomotives abandonnées par l'entreprise française.

Cadavres vivants.

Le palmier greffé dans la banne d'une grue chargée d'orchidées.

Les canons d'Aspinwall rongés par les toucans.

La drague aux tortues.

Les pumas qui nichent dans le gazomètre défoncé.

Les écluses perforées par les poissons-scie.

La tuyauterie des pompes bouchée par une colonie d'iguanes...

Voilà le Panama, le Panama de Lesseps.

Ces vers que j'ai écrits en 1912, sur les rives des chantiers alors abandonnés, ne s'adaptent-ils pas aussi aux établissements, comptoirs, usines, avions, bureaux, ateliers de la Maison Jean Galmot, au lendemain de sa ruine?...

Non, les affaires ne sont pas les affaires.

Cette « affaire des rhums »! Jean Galmot l'avait gagnée de haute lutte. Pourtant..., tout vient de là.

La première fissure.

On avait beau la cacher, la masquer : elle s'élargissait.

Premier trimestre de 1921.

La crise, partout, dans le monde entier.

Dès le début de 1920, au Japon, les premiers craquements. Vers la fin de l'année, la paralysie s'est communiquée aux principaux organes de la vie industrielle aux Etats-Unis, puis en Angleterre, ensuite, simultanément, en France et en Italie.

Le prolétariat italien, affamé, s'empare des usines.

En Angleterre, des centaines de mille de livres sterling sont distribuées sous forme de secours aux 2 600 000 chômeurs (contre une moyenne de 110 000 chômeurs au cours des dix dernières années).

Aux Etats-Unis, 2 500 000 chômeurs (contre 65 000 en 1913). Les autorités poursuivent les accapareurs.

En France, on multiplie les droits de douane, on réduit les salaires, on truque les budgets. « Le Boche paiera. » C'est la formule.

Faillites déclarées en Angleterre : 2 286 en 1920, 5 640 en 1921, contre 560, moyenne d'avant la guerre; aux Etats-Unis : le montant des faillites en 1921 atteint le milliard de dollars, contre 180 millions, moyenne des dix années qui ont précédé la guerre.

En France, on ne publie pas de statistiques sur les faillites...

Les banques tremblent. Leurs fondations sont ébranlées. Elles essaient de faire flèche de tout bois. Rappelez-vous les 400 plaignants dans l'affaire de la Société centrale des Banques de Province, l'affaire de la Banque Industrielle de Chine, etc.

Premier trimestre 1921.

La fissure s'est élargie. Jean Galmot risque d'être entraîné dans la débâcle générale. Il suffirait d'avoir confiance en lui.

C'est le moment qu'on choisit pour porter à Jean Galmot les attaques les plus violentes.

Un capitaine d'industrie, un grand homme d'affaires, un bâtisseur. Il a derrière lui des mines d'or, les forêts de balata et de bois de rose, le café, le cacao, le rhum. Il a derrière lui de la richesse. La crise ne peut pas l'abattre, n'est-ce pas? Il peut être un sauveur. Il peut aider le commerce et l'industrie à se tirer du marasme. Il suffit de l'étayer, d'avoir confiance en lui...

Eh bien, non!

Les affaires ne sont pas les affaires.

C'est le moment de le couler : s'il s'en tire, nous sommes tous foutus.

M. Galmot obtint, le 12 mars 1921, du tribunal de commerce de la Seine son admission au bénéfice transactionnel de ses créances. Le 16 mars, la Société centrale des Banques de Province porte plainte; le 17 mars, l'expert Pinta est désigné; le 18, M. Pinta arrive à Bordeaux; le 23, il en revient et dépose son rapport le lendemain; le 25, la Société centrale des Banques de Province renouvelle sa plainte; le 29, le rapport du procureur général tendant à la levée de l'immunité parlementaire; le 30, la demande est déposée sur le bureau de la Chambre; le 31, l'immunité est levée; le 1ᵉʳ avril a lieu l'arrestation. Jamais de mémoire parlementaire on n'était allé si vite en besogne.

Voilà ce que dit un journal au lendemain de l'arrestation de Jean Galmot.

Son frère Henry, car, hélas! l'arrestation de Jean Galmot n'est pas un poisson du premier avril, lui écrit, ce 1ᵉʳ avril, à dix heures du soir :

Tes ennemis qui te traquent depuis deux ans et qui ont si souvent annoncé qu'ils auraient

*« ta peau » ne t'auront pas si tu le veux, si tu
veux rester fort et courageux, malgré les mensonges, les calomnies, les ignominies qu'ils ont
accumulés... Nous connaissons ta vie, et aussi le
grand crime, le seul qu'on puisse te reprocher,
et pour lequel je t'ai quelquefois grondé : ton
excessive bonté. Mais il ne faut plus être bon... »*

Lui, il sourit. Il sait lutter et il a confiance. Ses
lettres aux siens respirent la force et le courage.

« J'ai confiance dans la Justice de mon pays...
J'ai demandé des juges, j'attends leur décision »,
proclame-t-il.

Et cet homme a pu se croire un « roi de
Paris »! « Roi de la Jungle », oui. Car la jungle,
il la connaît, il y a vécu. Il y a appris à faire face
à l'attaque.

Se croit-il donc encore dans la jungle? A Paris,
on n'attaque jamais de face.

Non, les affaires ne sont pas les affaires.

Deux ordonnances de non-lieu avaient mis un
terme, qu'on eût cru définitif, à cette « affaire
des rhums ».

Néanmoins, peu de jours après la séance de la
Chambre qui avait marqué la victoire de Jean
Galmot, une troisième instruction est ouverte,
toujours sur cette affaire.

Or, quand quelques semaines après, la plainte de la Société centrale des Banques de Province viendra frapper Jean Galmot, cette troisième instruction sur l' « affaire des rhums » sera abandonnée. Et on n'en reparlera plus.

Est-ce clair?

Dans le rapport de l'expert Pinta qui fut soumis à la Chambre des députés le 31 mars 1921, l'affaire Galmot-Société des Banques de Province est résumée de la manière suivante :

M. Jean Galmot, qui avait gagné beaucoup d'argent pendant la guerre, a vu sa situation compromise par la baisse de prix des rhums. Pour soutenir son crédit ébranlé, il s'est livré à une circulation d'effets qu'il a fait accepter par son entourage, mais pour les escompter il a dû offrir des garanties sur ses marchandises. Il en avait une grande quantité, non seulement à Bordeaux, mais encore au Havre et à Nantes. C'est la cause des warrants qu'il a transférés dans les conditions que l'on sait. Mais quelle est la valeur juridique de ces warrants? Ont-ils pu créer au profit de ceux qui en sont nantis, le privilège attaché au gage régulièrement constitué? C'est une question dont la juridiction commerciale

sera vraisemblablement saisie... Or, pour qu'il y
ait gage, il faut que le débiteur se dessaisisse de
la chose au profit du créancier. M. Galmot ne l'a
jamais fait : mais son créancier ne le lui a·jamais
demandé... Il y avait donc, tout au plus, pro-
messe d'un gage, mais non gage effectif.

« *Warrant : Récépissé d'une marchandise dé-*
posée dans des docks ou magasins spéciaux et
négociable comme une lettre de change », lit-on
dans le *Petit Larousse...*

Qu'est-ce donc que la Société centrale des
Banques de Province? Elle vient de changer de
directeurs et d'administrateurs, s'étant trouvée
à deux doigts de la faillite, par la faute de la
crise. Le nouveau comité de direction a à sa tête
M. Exbrayat, l'un des plus sérieux adversaires de
M. Victor Boret, dans le conflit qui mit aux
prises ce dernier avec l'ancien sous-secrétaire au
Ravitaillement, M. Vilgrain...

Depuis longtemps la Société des Banques de
Province est en rapports d'affaires avec Jean Galmot. Au cours des débats du procès, il résultera
que durant les trois dernières années la Société
des Banques de Province a gagné environ 4 mil-

lions à la suite des opérations financières avec la Maison Jean Galmot. Il résultera également que le chef des services documentaires de la Société des Banques de Province dirigeait les services documentaires de la Maison Jean Galmot, et que les traités liant ces deux firmes étaient de véritables traités d'association : la banque fixant le prix de vente des marchandises de la Maison Galmot et en encaissant le montant.

Or, on parle d'une vaste escroquerie portant sur une somme de 23 millions; c'est du moins ce que réclame la Société des Banques de Province.

En dépit du règlement transactionnel accordé le 13 mars par le tribunal de commerce de la Seine à Jean Galmot, la nouvelle direction de la Société des Banques de Province a porté plainte.

Ce n'est d'ailleurs pas la seule. M. Auguste Ravaud, ancien secrétaire de M. Vilgrain, courtier en marchandises, en relations d'affaires avec la Maison Jean Galmot réclame 370 000 francs. Il est vrai que Jean Galmot déposera aussitôt une plainte contre lui, en détournement d'une somme de 130 000 francs...

La Société centrale des Banques de Province, M. Ravaud : voilà les deux plaintes qui vont tout déclencher.

Le 30 mars, Jean Galmot, au retour d'un voyage d'affaires à l'étranger, apprend qu'une demande de levée de l'immunité parlementaire dirigée contre lui va être déposée au bureau de la Chambre. Un accès de paludisme l'avait cloué au lit; néanmoins, le lendemain, grelottant de fièvre, il va assister à la séance. M. de Moro-Giafferi, rapporteur, donne l'avis favorable de la commission chargée d'examiner les demandes de poursuites contre Jean Galmot. Il tient à ajouter : « M. Galmot, qui est présent à cette séance, nous a déclaré qu'il s'associait à la demande faite et que, désireux de se défendre efficacement devant la Justice, il demandait à la Chambre de lever l'immunité parlementaire dans le double esprit que l'égalité de tous les citoyens devant la loi ne doit pas souffrir d'exception et que le meilleur moyen d'établir son innocence est d'en répondre. (Applaudissements.) »

Les quelques mots que prononça Jean Galmot confirmèrent. « Il y a encore des juges en France », terminait-il.

Don Quichotte, toujours Don Quichotte.

Il y a des juges en France, c'est un fait...

Ce que l'histoire ne raconte pas, c'est qu'un député socialiste connu pour sa crânerie, l'une des fortes têtes de l'Assemblée, avait proposé ce même jour à Jean Galmot : « Consentez à vous défendre, prononcez seulement le nom de vos adversaires, et je parlerai, je révélerai que le gouvernement, en s'attaquant à vous, ne fait que couvrir vos adversaires qui sont eux-mêmes sous le coup d'accusations bien plus sérieuses... » On aurait ainsi assisté à une deuxième version de la discussion sur l' « affaire des rhums »...

Mais Jean Galmot croyait à la justice de son pays : il refusa.

Il était Jean Galmot, député de la Guyane, un homme qui offrait de la surface, le chef de l'une des plus opulentes firmes commerciales de France.

Non. Il n'était qu'un misérable escroc, un bandit dont il fallait s'assurer coûte que coûte.

Le lendemain matin, à sept heures, il était arrêté.

On croit rêver.

La proposition de résolution concluant à la levée de l'immunité parlementaire a été votée le 31 mars, à sept heures du soir. La séance suivante ne devant avoir lieu que le 12 avril, le procès-verbal de la séance du 31 mars, et par

conséquent le texte authentique de la décision de
la Chambre n'a pu être présenté au garde des
Sceaux qu'après cette date du 12 avril.

Mais M. Bonnevay, ministre de la Justice, a
fait arrêter Jean Galmot le 1er avril, à sept heures
du matin, en contresens avec le texte de l'article
121 du Code pénal.

Pourquoi?

On me dit qu'un éminent professeur, doyen
de la faculté de droit de Bordeaux, cite habituellement dans son cours, comme un exemple
typique d'arrestation arbitraire, celle de Jean
Galmot. Maître Henri-Robert, d'autres, ont pro-
testé contre cet acte.

Mais Jean Galmot croit à la justice de son
pays...

Pour le récompenser, à la Santé, on le met au
secret le plus absolu, dans une cellule où se
trouve une paillasse dont il n'ose s'approcher et
de magnifiques rats d'égout. Toutes les deux
heures une ronde vient vérifier si ce criminel
dangereux est toujours là. Il a 39° de fièvre. Il
continuera à souffrir. On ne le tirera de cette
cellule qu'au bout de soixante jours...

Qu'a-t-il donc fait, ce Jean Galmot?

Deux années après, les plaintes de la Société centrale des Banques de Province et de M. Ravaud, *désintéressés,* seront retirées. Les chiffres indiqués auront été, au préalable, considérablement réduits. La bonne foi de Jean Galmot sera admise par les deux plaignants. Les créanciers, réunis au tribunal de commerce, le 20 avril, s'élèveront, à l'unanimité, contre « l'attitude de ces banquiers, associés de l'inculpé, qui pour essayer en vain de gagner du temps, ont porté des plaintes qui sont un défi au bon sens et à la justice et qui ont obtenu des mesures dont les premières victimes se trouvent être les actionnaires dont ils avaient le devoir de défendre les intérêts ». Et maître Henri-Robert, dans sa plaidoirie, parlant au dirigeant de la Société des Banques de Province, ironisera à son tour contre « ce capitaine qui sauve le navire en détresse en jetant à l'eau une partie des marchandises de la cargaison, ce qui est peut-être un singulier moyen de procurer des avantages aux actionnaires... »

Oui, il y a des juges en France; mais ils sont lents, lents, lents...

Autant ils auront été pressés d'enfermer dans un cachot le pilote d'une grosse firme qui va aller à la dérive, autant ils seront lents à lui accorder la liberté provisoire...

Et, comme devait le rappeler Jean Galmot dans sa cellule, *le criminel tient le civil en état,* selon le vieil adage judiciaire.

IX

UN HOMME LIBRE

Sur l'ordre du garde des Sceaux, le 8 juillet 1901, le procureur de la République Bulot lance une circulaire où il est dit qu' « en matière de correctionnelle, tout individu ayant un foyer, ou une profession stable ne devra être placé qu'exceptionnellement sous mandat de dépôt. En matière criminelle, si sa détention préventive est indispensable, c'est une erreur de penser qu'elle s'impose toujours. Le mandat de dépôt ne doit être décerné qu'en cas de nécessité absolue... » Le 13 janvier 1920, une nouvelle circulaire vient le rappeler avec sévérité et le 15 mars 1922, M. Scherdlin, procureur de la République, revient à la charge en ajoutant que « la liberté provisoire doit rester la règle, et les détentions préventives l'exception ». Faut-il rappeler enfin les récentes déclarations de M. Raoul Péret, garde des Sceaux?

Cependant, le 1er avril 1921, Jean Galmot, député de la Guyane, est enfermé à la Santé, au secret le plus absolu, dans une cellule digne des pays les plus barbares. On lui a tout retiré, ses bretelles, sa cravate, son faux col, ses crayons même : on ne lui laisse que son rasoir...

Le voilà donc nez à nez avec son rasoir.

Jean Galmot connaît ses auteurs, et voilà que son humour ressuscite.

Durant la retraite de Russie, Stendhal, méticuleusement, faisait fondre chaque matin un peu de glace et se rasait avec attention. Cela valait mieux que de perdre la tête et crever de désespoir. Ainsi quand toutes les deux heures une ronde vient jeter, à travers le guichet, un coup d'œil dans la cellule de Jean Galmot, on a la surprise de le voir en train de se raser, méthodiquement, avec de longs regards narquois...

Enfin, il se sent libre.

Enfermé dans un cachot de trois mètres sur deux, avec dans un coin un trou d'égout d'où surgissent d'énormes rats tourmentés par la faim, malade, fiévreux, gelé, seul, tout seul, il est enfin libre.

Ce rasoir... ça le fait rire, et il rit. Tout seul.

Ce n'est pas la première fois qu'il répond par un rire d'homme libre aux petits traquenards que lui posent ses ennemis...

Il se le rappelle maintenant : depuis trois jours, six agents aux fortes moustaches tournaient autour de son domicile, interrogeant les concierges, les voisins, parlant à mots couverts de l'arrestation prochaine; n'est-ce pas, s'il avait fui, quelle preuve magnifique contre lui!

Durant ces trois ou quatre derniers jours avant le 1er avril, que de péripéties! Les trahisons ont commencé; il en est de magnifiques, telle que celle de cet ami de quinze ans, poète sans talent que Galmot a nourri et protégé, et qui n'a pas attendu l'arrestation pour aller quémander de l'argent chez les adversaires du député de la Guyane... Il ira grossir l'armée des maîtres chanteurs, mais il se trouvera dans la presse des gens pour le démasquer. Où a-t-il pu échouer?...

Mais ce n'est ni de lui que Galmot veut se souvenir, ni des journalistes, notoires ou inconnus, qui sont venus lui proposer toute sorte de

petits marchés contre paiement de sommes va-
riant entre 300 000 francs et cent sous...

Non, la pensée de Jean Galmot oublie cela.
Il est libre maintenant. Certains petits détails
lui tiennent au cœur. Cette concierge d'un immeuble voisin qui deux jours avant son arrestation lui a adressé une lettre si pitoyable et à qui
il a fait tenir trois cents francs avant de suivre
ces messieurs de la police... Pourvu que ses ennemis n'en aient rien su : ils porteraient plainte
pour dissipation...

Et ce Georges Anquetil, qui s'est présenté
comme tant de ses confrères, et qui est venu lui
parler d'une manière tout imprévue : « Vous
avez certainement des documents, donnez-les-
moi. J'ai un journal, de l'argent : j'attaque... »
Drôle d'homme, il vaut probablement mieux que
les autres, malgré sa mauvaise renommée...

Et ceux qui ne l'ont pas abandonné, qui n'ont
pas craint de lui écrire avec amitié et confiance :
un ancien gouverneur de la Guyane, quelques
financiers étrangers, deux ou trois littérateurs;
et un nombre considérable de Guyanais :

*Je me fais l'écho du comité du Maroni dont
je faisais partie pour vous crier :* **Sursum corda.**
De ces épreuves qui vous sont si traîtreusement

infligées, sortira encore plus rayonnante la gloire que nous vous avons attribuée en 1919. (Datée du 2 avril 1921).

J'ai pu hésiter, à mon retour de Guyane, à aller vous voir, alors que vous étiez au pinacle. Ce n'est pas en ce moment que vous êtes attaqué, dénigré par une campagne politique et commerciale inouïe que je songerai à rester indifférent. (Datée du 6 avril 1921).

Si vous croyez que le concours, même modeste, d'un vieux Guyanais, qui a connu lui aussi les luttes et la brousse, puisse vous être de quelque utilité, n'hésitez pas. Je serai enchanté de pouvoir vous l'apporter. (Datée du 6 avril 1921).

Ils lui écrivent comme ils parlent, avec une emphase naïve qui émeut...

Il a bien fallu lui donner de quoi écrire, le laisser visiter par ses amis, par son avocat... Qu'il est fort, qu'il est solide, ce malade qui ne tient pas debout, dont les yeux luisent de fièvre. Aucune privation ne l'émeut : il attend ses juges.

« Je suis comme un oiseau sauvage dans une cage. Je serre bien un peu les griffes, parfois... Mais cela ne dure pas... Maintenant j'attends que la cage s'ouvre », écrit-il le 16 avril à un ami fidèle. « Il m'a été permis de sortir aujourd'hui. Je suis rentré un peu ivre. Mais maintenant les voiles qui tapissent mon cachot sont plus noirs, et la Présence invisible m'accable. Il y a sur le sol les traces des hommes qui ont souffert ici avant moi; et, sur les murs qui tremblent, passent des images torturées de forçats. Il y a aussi des voix livides et froides qui s'agitent dans la nuit... Un jour, peut-être, pourrons-nous faire ensemble le beau voyage que j'ai commencé en 1905 et qui me hante comme une douloureuse nostalgie. Qu'est-ce que la tourmente actuelle, que sont ces cris et cette pauvre agitation puisqu'il y a là-bas la lumière, la vie, le rêve? Et ces hommes orgueilleux, très beaux, très purs... » écrit-il à un autre ami, le 24 avril.

Paroles d'homme libre : bien plus libre au fond de son cachot que tous ces politiciens, financiers, anciens ministres, procureurs, journalistes, fondés de pouvoir, poètes sans talent et gros négociants qui gouvernent le pays.

Mais il a des griffes, Galmot. Il ne se rend pas. Ses lettres aux amis sortent en cachette de la Santé. Il compte les jours. Trois semaines après l'arrestation, à la suite de ses protestations réitérées et de celles de maître Henri-Robert, son défenseur, il a bien fallu boucher le trou d'égout et lui donner un matelas.

On ne lui épargne aucune humiliation : amené à son bureau des Champs-Elysées, sur la demande du liquidateur judiciaire, les deux inspecteurs de police qui l'encadrent ont honte de lui passer les menottes comme on le leur a ordonné. Cet homme est malade, il descend de taxi, il n'a qu'à traverser le trottoir... Mais les reporters, les photographes sont là, la foule le reconnaît... On lui passe tout de même les menottes...

Jean Galmot se sent fort, fort, fort. Fort comme il ne l'a jamais été. Il ne s'abandonne pas. Il prépare sa défense. Il documente son avocat. Comme on ne lui communique aucun dossier, il répond au juge d'instruction qui se plaint qu' « à aucun moment il (Galmot) n'a pu donner de justifications en réponse aux accusations dont il fait l'objet » :

« Accablé sous un chaos de chiffres, privé de tous moyens d'investigation, séparé des collaborateurs qui, seuls, connaissent la situation de mes magasins et de mes opérations comptables, j'ai dû répondre avec le seul concours de ma mémoire à mes accusateurs, mes associés d'hier, qui

disposaient non seulement de leur liberté, mais
de leur documentation complète. Le Ciel m'aurait-il donné une mémoire surhumaine pour me
reconnaître dans ce dédale de chiffres et de dates
portant sur des centaines d'opérations, comment
pourrai-je répondre à vos questions concernant
les comptes et les transactions établies à mon
insu par les chefs de service dont je suis séparé? »

En dépit de la fermeté de sa défense, on four-
nit de longues informations tendancieuses aux
journaux (quelques mois plus tard, l'affaire Vilgrain, l'instruction contre la Banque industrielle
de Chine, ne seront racontées qu'en une dizaine
de lignes pleines de tact). Galmot sent bien que
l'on cherche sa perte, et surtout celle de sa maison. Mais il ne se décourage pas et ne manque
pas une occasion pour protester véhémente-
ment...

Le 25 avril 1921, première demande de mise
en liberté provisoire. On ne la lui accordera
qu'après neuf mois, dont plusieurs passés dans
une maison de santé, où il a bien fallu l'emporter.

« Pour obtenir cette chose si simple du trans-
fert de ce martyr, de ce grand et noble Français
dans une maison de santé », dira plus tard maître

Henri-Robert dans sa plaidoirie, « jamais vous ne saurez les obstacles que la défense a eus à surmonter, et — je ne dirai pas les embûches, car je ne veux employer que des mots exacts — les difficultés qu'elle a rencontrées sur sa route. »

En dépit d'un filtrage sévère, il y a des choses qu'on ne parvient pas à cacher. « Nous ne sommes tous qu'en état de liberté provisoire. Nous vivons à une époque et dans un pays où personne désormais n'est sûr, si innocent soit-il, de ne pas coucher au Dépôt le soir même. » Voici le titre d'un éditorial du *Petit Bleu* qui reflète l'indignation de l'opinion publique.

Mais qu'est-ce que tout cela? Au fond, rien. Après vingt jours de prison, on a autorisé Galmot à recevoir quelques livres; plus tard, à écrire. Il écrit au juge d'instruction, M. Adrien Genty, au procureur de la République, au président de la chambre des mises en accusation, au ministre de la Justice, au président de la Chambre des députés, au président du Conseil, au président de la République...

Mais tout cela c'est le passé : Galmot, je l'ai dit, est toujours tourné vers l'avenir. Il écrit autre chose.

Il achève *Un mort vivait parmi nous...* Il

esquisse *La double existence,* ce livre mystérieux et dangereux, dont on ne devait jamais retrouver les traces...

La forêt, l'air libre, la vie intense, l'amour et la mort, tout cela remplit son cachot. Car il ne faut pas oublier une chose : Jean Galmot est un romancier, un écrivain de premier ordre. On peut hésiter entre *Quelle étrange histoire...* et *Un mort vivait parmi nous...,* livres d'une belle densité, grands poèmes en prose qui montrent l'importance qu'a tenue, dans la vie de Jean Galmot, l'univers mystérieux du rêve et de l'amour... et de l'initiation occulte.

Il me serait facile de citer des extraits de presse élogieux de MM. Paul Souday, Abel Hermant, Jean-Jacques Brousson, etc. *Quelle étrange histoire* fut saluée par la critique comme une révélation. *Un mort vivait parmi nous,* publié quand Galmot était encore sous le coup d'accusations cruelles, rencontra un accueil moins fervent, comme il fallait s'y attendre. Néanmoins, ne faut-il pas rappeler le mot de Lucien Descaves, directeur littéraire du *Journal,* qui, en pleine conspiration du silence, s'écria narquoisement, dans un groupe de confrères : « Messieurs, on pourrait peut-être parler de Jean Galmot, aujourd'hui qu'il est ruiné? »

Il y a dans ces deux livres touffus et remplis de lyrisme une originalité certaine : on pense à un Stevenson ou à un Kipling français. Jean Galmot écrivain ne doit rien à personne : il a tout tiré de son cœur et de sa vie aventureuse...

J'ai eu le bonheur de retrouver une page de la Préface de *La double existence*.

La voici :

Je n'ai pas pour objet, en écrivant ce récit, d'instruire le public. Que peut-on enseigner? Dénoncer les crimes de l'argent est une gageure dans un pays soumis à une oligarchie financière à qui appartiennent toutes les forces agissantes : la justice, la presse.

Que peut-on attendre d'un peuple domestiqué? L'esprit ne connaît d'autre nourriture que les journaux de nos maîtres.

J'écris ce livre pour mon fils à qui j'ai essayé d'apprendre la haine du mensonge et de l'obéissance. J'écris aussi pour ceux qui, plus tard, voudront connaître l'histoire de ces temps corrompus.

Les faits que je raconte ici sont sans impor-

*tance. C'est l'histoire d'un crime semblable à
tant de crimes.*

Je le répète : on n'a jamais retrouvé le manuscrit de ce livre, que Jean Galmot avait achevé bien avant sa mort.

Oui, Jean Galmot a toujours ses griffes.

Trois médecins légistes ont établi qu'il a une grave lésion à l'intestin, ce qui met sa vie en danger. Mais on ne le sort pas encore de son cachot.

*Il me reste encore assez de force pour venir
vous dire,* écrit-il fièrement au garde des Sceaux,
M. Bonnevay, *que je ne veux ni de votre pitié ni
de votre indulgence. Si la mesure que vous allez
prendre est une faveur, je n'en veux pas. Si je
dois vous avoir la moindre gratitude du geste
que vous allez faire, je n'en veux pas. Il n'est pas
un jour de ma vie, depuis que je suis entré dans
la bataille pour l'existence, où je n'ai combattu
les hommes de votre parti et de votre caste. J'ai
hérité cette haine de mon père, du père de mon
père, et de plus de vingt générations d'aïeux
révoltés contre leurs oppresseurs... C'est la certitude absolue de la victoire finale qui m'a donné
le courage de résister jusqu'ici. Et je résisterai*

encore parce qu'il y a dans un village du Péri-
gord une femme très vieille, très pauvre, qui prie
à chaque heure du jour pour son fils, parce que
ma femme et mon fils, et des milliers de compa-
gnons de travail ont confiance en moi et m'ont
soutenu de leur ardente affection. Pour eux,
pour ceux que j'aime, pour moi-même, pour
mon passé où il n'y a pas une défaillance, pas un
jour sans labeur, je n'ai pas le droit d'accepter
une faveur de vous.

Il y a eu quelques sourires de femmes dans
l'existence de cet homme.

Depuis, tant d'années ont passé...

On lui a enfin permis d'aller dans une maison
de santé, toujours escorté de ses deux inspecteurs
(qu'il paie de sa poche). Mais Galmot les a appri-
voisés, grâce à son étrange pouvoir de séduction.
Aussi voit-on, quand on va lui rendre visite dans
la maison de santé de la rue Ribéra, ses deux
gardes du corps aux petits soins pour lui : l'un
tape à la machine à écrire le manuscrit d'*Un
mort vivait parmi nous,* qui va partir chez l'éditeur, et l'autre va chercher du bois... Le soir,
Galmot leur raconte, comme à des gosses, ses
souvenirs de la brousse...

Un jour, une des sœurs de Galmot, ancienne

religieuse, arrive. Elle a quitté sa province pour
venir soigner son « grand », pour s'occuper de
ses chemises, de ses chaussettes... Elle a rencontré
une visiteuse, qui l'a saluée humblement. Et Jean
lui confie que cette... mettons, Jeanne-Marie...
une femme qu'il avait aimée, était venue pour
lui offrir les bijoux qu'il lui avait donnés autrefois...

Et Galmot se souvient...

Jeanne-Marie.

C'était une petite marchande de journaux.
Quand il revenait de Guyane, il passait toujours
devant son kiosque, bavarder un instant. Un
jour, il avait pensé à elle, il lui avait rapporté
de là-bas quelques plumes d'aigrettes et un coli-
bri desséché. Mais Jeanne-Marie avait disparu...

Puis, un soir, Galmot, qui aimait à se perdre
parmi la foule, l'avait retrouvée à la foire du
Trône. Elle était la maîtresse d'un lutteur. Un
riche fabricant d'automobiles la protégeait. On
ne vit pas impunément des années et des années à
côté des bagnards. L'horoscope de Galmot nous
l'a dit : « Le goût pour la bohème et les natures
originales. » Peut-être Jeanne-Marie lui rappe-
lait-elle Nice, et cette *Redoute rouge* dont elle
eût pu être un personnage... Depuis, ç'avait été
un grand délassement pour l'homme riche, pour

le député, pour l'homme accablé de besogne,
mais aussi pour l'homme au grand cœur populaire, de retourner à la roulotte de la foire, dîner
sur le pouce d'une tranche de bœuf gros sel et
d'un verre de vin rouge avec la belle Jeanne-
Marie et son lutteur au rire amical...

Eh bien, cette femme n'avait pas trahi, comme
tant d'amis... Sa sœur, derrière son voile noir,
tête baissée, avalait ses larmes...

Seconde demande de liberté provisoire le 10 octobre 1921. Troisième demande, vers la fin de
décembre. Tout le monde, les experts, le syndic,
insistent : sans la présence de Jean Galmot, on
ne pourra rien tirer au clair.

Le juge d'instruction, enfin, cède. Depuis dix
mois, la Maison Jean Galmot va à la dérive. Jusqu'à présent on a jugé la présence du chef inutile. Maintenant qu'il est ruiné, on consent à lui
rendre sa liberté, afin qu'il puisse aider le syndic
et les experts...

On ne mettra Galmot en liberté provisoire que
sous caution de 150 000 francs.

Il n'a plus rien.

Il faudra plusieurs jours pour que les amis
qui lui sont restés fidèles parviennent à réunir
cette somme.

X

UN HOMME TRAQUÉ

Aussitôt mis en liberté provisoire, au début de 1922, après neuf mois et demi de détention, Jean Galmot est interviewé sur ses projets : « Mes projets? Passer quelques jours en Périgord, dans ma famille si injustement et cruellement éprouvée; puis me consacrer tout entier, d'une part aux travaux de l'expertise, d'autre part aux intérêts de ma circonscription. »

Ce Périgord noir. Il y pense toujours. Il y retourne aux moments d'angoisse ou de délivrance. En prison même, il songeait avec amour à ces coteaux abrupts, aux bois pleins de parfums humides...

J'irai, l'an prochain, à la conquête des champignons, écrivait-il dans son calepin. *C'est un sport magnifique. Il exerce le regard, les muscles, l'esprit d'observation, la vivacité et la ruse, le goût du jeu et l'obscur et admirable instinct des razzias. Les jeunes oronges, au chapeau rouge, encore enveloppées de leur manteau blanc... L'oronge est une aristocrate.*

Elle est délicate, tendre et rare. C'est l'ortolan des champignons. Il n'y a, dans les bois de mon Périgord noir, pour le peuple grossier de « mes » forêts, que des cèpes trapus et lourds et plus noirs que des truffes... et souvent il n'y a que de lamentables morilles... Les oronges sont étalées sur un lit de fougères. La cuisinière les palpe avec précaution, comme elle fait pour les pêches trop mûres...

Dans son cachot n'était-il pas plus libre que maintenant qu'on l'a laissé sortir et qu'il n'est plus flanqué d'inspecteurs de la Police judiciaire?

Il croyait que sa sortie de prison marquerait le début de sa libération... Mais c'est maintenant qu'il va être traqué, traqué par une meute de gens dont il se trouve entouré sans comprendre pourquoi. « J'ai fui Paris parce que j'étais à bout de forces... et peut-être aussi parce que j'étais écœuré par la ruée des anciens et nouveaux amis », écrit-il à l'un de ceux qui ne l'ont point oublié quand il était à la Santé. Et c'est alors que les journaux pourront publier des anecdotes caractéristiques du goût de celle-ci :

« Il y a deux ans et demi, Jean Galmot recevait la visite d'un journaliste au nom bien parisien : appelons-le... Jacob.

« L'interview achevée, notre homme allait prendre congé, quand Jean Galmot, après avoir suivi son regard, lui demanda :

« — Vous regardez cette pépite d'or... Je l'ai « rapportée de la Guyane.

« — Elle est superbe.

« — Elle vous plaît? Eh bien, prenez-la. Mais « soyez gentil pour moi, hein?

« Jacob s'en fut avec la pépite, mais il oublia plus tard, lorsque Galmot eut des malheurs, d'être gentil en écrivant son article...

« Il y a quelques jours, dès la mise en liberté de l'ex-député de la Guyane, il lui fit de nouveau passer sa carte.

« Elle lui fut retournée, avec ces mots de Galmot :

« — Mille regrets, mon cher... Je n'ai plus de « pépites d'or à vous offrir. »

Il retrouve ce Paris absurde et compliqué qu'il a voulu dompter et qui s'est cruellement vengé.

Quelques jours de repos au fond du Périgord, chez les siens, et il lui faut aussitôt retourner dans la fournaise. On ne le voit plus beaucoup. Il travaille, donne au syndic de la liquidation une aide bien plus efficace que lorsqu'il était à la Santé. Il se débat comme un beau diable, mais il ne peut arrêter sa ruine.

Les longs mois au cours desquels on l'a maintenu loin de sa firme ont suffi à élargir terriblement la fissure...

M. Barthe, dans son grand discours du 14 novembre 1922 à la Chambre des députés, où il parla avec une belle vivacité des scandales financiers étouffés par le gouvernement du Bloc national, touchera aussi un mot de l'affaire Galmot et frappera juste : « Il y a également l'affaire Galmot... Vous vous en souvenez, on a mis quelques heures pour établir une expertise; on n'a pas mis vingt-quatre heures pour, après la décision de la Chambre, arrêter M. Galmot. Je crains qu'à ce moment-là il n'ait fallu sauver quelques banques et cacher des faits beaucoup plus graves. En tout cas, il y a une certitude : l'instruction a été ouverte. Et M. Galmot? Il est sorti de prison. On ne parle plus de rien. On ne fait rien. On ne donne pas une solution au procès. L'affaire est commerciale. En vingt-quatre heures on a trouvé les preuves. Voici plus d'un an et demi que les plaignants ne protestent plus. Et, dans les coulisses, de gros faiseurs d'affaires se frottent les mains. On ne peut pas clore l'instruction! »

En effet, que deviennent les plaignants?

Citons encore le *Journal officiel* : à la deuxième séance du Sénat du 26 décembre 1921 (trois semaines avant la mise en liberté provisoire de Jean Galmot), M. Gaudin de Villaine demande pourquoi tant de scandales ont été étouffés : « Tour à tour nous avons vu défiler depuis quelque temps, et toujours avec des influences politiques entravant la justice : le scandale des mistelles, celui des rhums[1], celui de la société du froid sec, les affaires Vilgrain, Thévenot, Lièvre, Salmson, Chiris, Lafly, etc.; le scandale des grands magasins, l'affaire des blés, le scandale des changes, etc. Pourquoi, malgré les plaintes multiples et motivées, laisse-t-on en liberté les administrateurs de la Banque industrielle de Chine et de la Société des Banques de Province, dont les responsabilités s'expriment par des centaines de millions? Bien mieux! Ces

1. Détail à noter : dans l'affaire des rhums, après les déclarations de Galmot, sont surtout compromis les parlementaires responsables du fameux ordre de réquisition.

responsables continuent à siéger, à discuter les
lois et à prendre part à la direction des affaires
du pays! »

L'opinion publique un instant satisfaite par
l'arrestation de Jean Galmot, qu'elle prenait
pour un requin de grande classe et sur lequel,
durant sa détention, on avait fait courir les bruits
les plus abominables (on parla même, dans les
milieux autorisés, d'un « dossier secret » qui
rappelle le sinistre « dossier secret » de l' « affaire Dreyfus »!) finit par s'apercevoir qu'elle a
été bernée...

Il y aura trois séries de plaintes contre la Société des Banques de Province, dont la première
au mois d'août 1921, peu de temps après l'arrestation de Jean Galmot. Détail symptomatique :
la plupart de ces plaintes émanent d'actionnaires
de cette banque, 350 actionnaires qui consti-
tuèrent un Comité d'initiative et un Comité de
défense, et confièrent leurs intérêts à M. Pierre
Laval; par contre, l'arrestation de Jean Galmot
n'eut pas de plus fervents adversaires que l'union
de ses créanciers qui, à l'unanimité, avaient
décidé de lui conserver leur confiance...

On se souvient peut-être de la campagne qui
fut faite pour que le gouvernement vînt en aide
à la Société centrale des Banques de Province et

à la Banque industrielle de Chine? On demandait des centaines de millions sous le prétexte
que « c'est l'intérêt de la nation de ne pas laisser
succomber des organismes qui assurent l'existence de plusieurs milliers de familles françaises
et qui apportent au pays un élément de prospérité, et dont les comptoirs à l'étranger sont des
agents de propagande française ». Le hasard voulait que ces raisons s'appliquassent à la Maison
Jean Galmot encore mieux qu'aux deux banques
en question : seulement, Jean Galmot n'était
qu'un planteur, un producteur, un simple colon,
comme il se plaisait à le constater lui-même avec
fierté, tandis que les banques d'agio sont bien
autre chose...

Eh bien, il est un comble qu'on ne peut pas
raconter sans rire, tellement il est caractéristique
du désordre (pour ne pas dire pis) qui règne
dans toute cette affaire : alors que Jean Galmot
est retenu (en prison) loin de ses livres de caisse,
de sa comptabilité, de ses dossiers, et est néanmoins interrogé sur mille questions de détail
par le juge d'instruction, la Société des Banques
de Province s'est fait nommer contrôleur de la
liquidation et a, à ce titre, comptabilité, dossiers
et livres de caisse de la Maison Jean Galmot
entre les mains!...

De jour en jour la fissure s'est élargie. J'ai dit qu'en mars 1921 le tribunal de commerce de la Seine avait accordé à Jean Galmot le bénéfice du règlement transactionnel. On avait vu, au cours des mois précédents, l'essence de bois de rose tomber de 265 francs le kilo à 60 francs, le bois d'ébénisterie, dont le prix de revient était de 1 100 francs la tonne, ne trouver acheteur qu'à 300 francs, etc. Ainsi, Jean Galmot possédait-il des stocks de marchandises évalués au cours du jour à environ 16 millions, dont cependant le prix d'achat était au moins le triple. Or, le règlement transactionnel avait été accordé à Jean Galmot après constatation que, sa maison, ses comptoirs continuant à être dirigés par lui, il lui serait possible de réaliser dans ses prochains exercices un bénéfice annuel, net de tout dividende, de 9 millions de francs au minimum, ce qui lui permettrait de désintéresser dans un délai de cinq ans tous ses créanciers.

La Société des Banques de Province passe outre à cette constatation et porte plainte : elle va être la première victime de la détention de Jean Galmot, mais qu'importe... tant pis pour les actionnaires... on veut la peau de l'homme...

Or la confiance de ceux qui avaient travaillé

avec Jean Galmot était telle qu'on se trouve en
présence de la situation paradoxale suivante
décrite dans une lettre par un des plus importants négociants rhumiers de la Guadeloupe :

*Lorsqu'en janvier 1922 nous avons appris la
libération de M. Galmot, nous nous sommes
adressés à lui pour lui mettre en main, comme
par le passé, les produits de notre colonie... C'est
en lui seul que nous avons confiance. Parmi les
affaires que nous avons mises en main à M. Galmot et qui, par suite de l'impossibilité où
M. Galmot se trouve de faire des opérations commerciales, ont dû être traitées par ses anciens
concurrents, pour la seule campagne de fin 1922
à mars 1923* (suit un exposé détaillé d'embarque-
ments qui portent sur 9 550 000 litres de rhum)...
*C'est dire que nous avons mis en main à M. Gal-
mot une part importante de la production de
notre colonie avec une marge qui lui assurait
un bénéfice, pour la campagne, de 9 à 10 millions de francs... Nous espérons que les actionnaires des banques plaignantes, informés un jour
de la situation paradoxale qui leur est faite, obli-
geront leurs commettants à accepter le concours
que nous ne cessons d'offrir à M. Galmot pour
l'aider à éteindre son passif...*

Eh bien, non. Il ne faut pas que les choses se passent si simplement. Jean Galmot est un débiteur qui devra rester toujours un débiteur. L'Etat lui réclame soudain 23 millions d'impôts sur ses bénéfices de guerre!

Cloué, il faut qu'il demeure cloué à sa ruine. Qu'il paie d'abord, qu'il paie.

Et le voilà libre, mais traqué. La débâcle. Le désordre. Des employés disparus. Tout à vau-l'eau.

Déjà, de sa prison, il déclarait au syndic de la liquidation judiciaire :

... Veuillez considérer... que toute tentative, de ma part, pour sauver une entreprise portant ombrage à un puissant consortium, aurait pour effet d'aggraver immédiatement ma situation...

Il était forcé d'accepter, pour son usine de traitement de balata, le 5 pour 100 de sa valeur, et, pour son usine d'affinage d'or, les conditions que voulut bien lui imposer le Trust français de l'or... Il fallait tout liquider, aux enchères, les machines au prix de la ferraille, l'ameublement des bureaux, aux revendeurs...

Le hasard seul pouvait l'aider au milieu de cette débâcle minutieusement organisée. Ah! s'il avait été libre plus tôt... Un jour, la Compagnie des Chemins de fer du Midi l'assigne devant le tribunal de commerce de Carcassonne à propos de wagons lui appartenant et qui se trouvent depuis longtemps en souffrance sur des voies de garage du réseau. « Je me souviens d'avoir acheté dans le courant de l'année 1918 des plates-formes pour une valeur de 1 500 000 francs », déclare-t-il. Un autre jour, M. Jean Lérat, courtier au Havre, constate qu'un lot important de rhums (environ 1 500 fûts, représentant une valeur d'achat d'à peu près 2 200 000 francs) se trouve abandonné dans ce port, les fûts étant arrimés sans soin et la marchandise en partie détruite par suite du coulage et de l'été trop chaud... Comme Jean Galmot était au secret, le syndic y perdait son latin.

... Ce n'est pas seulement au Havre, écrit Jean Galmot, *c'est également à Nantes, à Saint-Nazaire, à Bordeaux, à Marseille et à Dunkerque que des recherches s'imposent... Nous pouvons peut-être espérer que d'autres hasards heureux nous feront connaître peu à peu les existants de marchandises et de matériel, ainsi répartis dans les ports de France et des colonies. Il est à craindre que ces interventions ne se produisent trop tard, c'est-à-dire lorsque ces éléments de l'actif auront perdu toute valeur.*

Aussi, à peine en liberté provisoire, s'acharne-t-il. Il travaille d'arrache-pied, mais il n'a plus entre les mains le magnifique outil qu'il s'était forgé. Sa maison est par terre et, en outre, il est pauvre. Il n'a plus rien. Pas même son indemnité parlementaire.

Car tout a été mis en œuvre pour le rendre inoffensif, le porter au désespoir. En prison, on surveillait sa correspondance. On ne l'autorisait pas même à recevoir les lettres portant l'en-tête de la Chambre des députés et le cachet de la questure... Son indemnité parlementaire lui servait à payer ses frais de clinique à la maison de santé du docteur Bidou : on la lui retient tout entière, et cette saisie sans précédent (l'usage est que, dans ces cas, on ne retienne qu'un cinquième de l'indemnité parlementaire), et cette saisie sans précédent est effectuée au nom de ces fameux 23 millions d'impôts que l'Etat se met tout à coup à lui réclamer sur ses bénéfices de guerre, réclamation que rien ne justifie, puisque cette somme est calculée en grande partie sur les bénéfices que Jean Galmot aurait réalisés dans l'affaire des rhums, cette même affaire des rhums qui s'est chiffrée pour lui, en définitive, par une perte sèche d'un million et demi!

Jamais Jean Galmot ne parviendra à obtenir la restitution des sommes saisies ou le rétablissement de son indemnité parlementaire, intégrale ou réduite aux quatre cinquièmes.

Permettez-moi, Monsieur le Ministre, de vous rappeler qu'ayant fait abandon de tout mon avoir à mes créanciers, et, au premier rang, à l'Etat, créancier privilégié, je suis dépourvu de toutes ressources. Pour ne pas être obligé d'abandonner le mandat que m'a confié une population dont la fidélité reste le réconfort de ma vie, j'ai dû accepter un emploi dans une maison de commerce qui absorbe tout mon temps, et dont je ne pourrai m'affranchir, pour assurer les besoins de ma défense, et pour remplir mon mandat, qu'en obtenant la restitution de mon indemnité parlementaire.

Il écrit cela le 14 mai 1923. Aux abois, dirait-on. Mais dit-il la vérité? Toute la vérité?

Il y a sa mère dans le Périgord, et il continue à lui servir une rente de trois cents francs par mois. Il n'a jamais failli à ce devoir, mais y parviendra-t-il ce mois-ci? Et le mois prochain?

Il travaille, il travaille.

Dans la foule, il n'est plus qu'un homme comme les autres. Il peine...

Enfin, le procès.

Il commence le 17 décembre 1923.

Depuis vingt et un mois Jean Galmot l'attend.
Depuis vingt et un mois Jean Galmot est sous le
coup d'accusations cruelles.

Il y a deux petits événements avant le début
du procès : le désistement de la Société des Banques de Province, le 28 novembre, et celui de
M. Auguste Ravaud, le 12 décembre. En retirant
leur plainte, les deux plaignants ont reconnu la
bonne foi de Jean Galmot...

Ce procès, il y trouvera matière à réflexions.
Maître Henri-Robert, son défenseur, n'est pas
seul à lui tresser de beaux éloges. M. Frémicourt,
substitut du procureur de la République, connu
comme un des magistrats les plus intègres du
Palais, parlera de Jean Galmot de la manière la
plus inattendue : avec sympathie et admiration.
Il le montre très intelligent, travailleur, commerçant hardi, et penseur, poète, écrivain de talent.
Il rappelle les services que Galmot a rendus à la
France et son rôle en Guyane. Il cite même, à la
louange de l'inculpé, l'affaire des rhums qui avait
fait couler tant d'encre! Il regrette que Jean
Galmot ait commis « des négligences profession-

nelles », mais l'excuse, à cause de son intention qui était celle de surmonter la crise. Rappelant enfin tous les témoins qui ont reconnu l'honorabilité de Jean Galmot, il termine en demandant pour lui les plus larges circonstances atténuantes et parle même d'acquittement.

La plaidoirie de maître Henri-Robert, forte et explicite, conclut par cette phrase : « On vous a cru sans défense et sans appui, mais il vous en reste assez pour pouvoir, comme le désirait tout à l'heure M. l'avocat de la République, reprendre la grande place que vous aviez dans le monde des affaires et de la politique, pour redevenir un des maîtres de ce pays. »

Ce procès...

Il y avait là une cinquantaine de Guyanais accourus de tous les coins de Paris assister leur député. On se montrait l'un d'entre eux, venu de la patrie lointaine, n'ayant donc pas hésité à franchir 8 000 kilomètres pour apporter son témoignage en faveur de l'inculpé.

Le jugement ne pouvait être qu'un acquittement, tout le monde en était sûr.

Ce fut une cote mal taillée... Un an de prison avec sursis... 10 000 francs d'amende... cinq ans de privation des droits civils...

Réfléchissez un peu : comment la Justice qui avait maintenu Galmot en prison pendant neuf mois, comment le gouvernement qui avait escamoté tous les autres scandales à la faveur des vingt et un mois de l'instruction de ce procès, comment auraient-ils pu, par un acquittement, se ridiculiser officiellement?

XI

ÉLECTIONS GUYANAISES

Il y a une femme, une vieille Négresse, en robe démodée, derrière une vieille hutte, au bord de l'eau, qui se souvient et qui chante d'une voix triste et drôle :

Pomié foué avion améri deiré Gouvernement,
Pou ou té oué toute oune prend courri force yété content...
Quante li ka pati pour placer dipi Maroni,
Li ka suive toute longue la rivière jusqu'à Inini.
Le moune ki pressé
Ti lé gain pi vite ye million,
Ye ka prend avion!

La première fois qu'avion amerrit derrière Gouvernement,
Fallait voir courir tout le monde à force qu'on était
content...
Quand il est parti pour les placers depuis Maroni,
Il a suivi tout au long la rivière jusqu'à Inini.
Le monde qui est pressé
Pour gagner plus vite le million,
N'a qu'à prendre l'avion[1]!

1. Louis Roubaud : *Le Voleur et le Sphinx.* (Grasset, éditeur.)

C'est une très vieille nourrice aux yeux doux : pense-t-elle aux élections dans ce chant?...

Le peuple de ce pays est plein de bonté et de mansuétude. Leur vie s'écoule dans une tendre humilité, et les éclats de leur mélancolie s'expriment, le soir, au moyen de danses et de chants familiers. Dans la brousse, aussitôt qu'on s'éloigne des maisons des fonctionnaires, où les photophores grésillent sous les varangues, la chaleur est plus dense, et la nuit est lourde de paroles et de murmures.

Ils sont là tous, les agriculteurs, les ouvriers, les paysans, à la porte de leurs carbets, de leurs huttes, ou dans la ville, le long des rues qu'ils parcourent lentement en se saluant avec une certaine solennité.

Pas de cris, nulle animation. Cette population est toute modération, douceur, dignité naïve.

Mais que se cache derrière leur honnêteté?

Comme à Harlem (New York), comme à Bahia (Brésil), comme aux Antilles : de larges perspectives s'ouvrent dans leur âme au contact des Blancs... Mais nul Blanc ne peut y jeter un regard. Le grand mystère est caché. Vienne une émotion profonde, il jaillira...

Quelles pouvaient bien être chez le peuple du *vaudou* les répercussions de cette ténébreuse affaire Galmot dont parlent tous les journaux de Paris et même ceux de Cayenne? Cette affaire si compliquée, à laquelle peu de Parisiens ont pu comprendre quelque chose...

Certains lisaient les journaux, et le soir, longuement, tout le monde épiloguait là-dessus, à mots couverts, en faisant des signes énigmatiques...

Longues, longues, longues discussions qui soudain tournaient court en une invocation, chantonnée à voix basse pour que les pieds mis en branle puissent rythmer sur place et exprimer à leur aise les danses magiques...

Sourdes incantations. Un cri strident, un seul. « Papa Galmot! »...

Papa Galmot, leur idole, leur bienfaiteur, leur dieu. Il leur a donné les hauts salaires, la participation aux bénéfices, les syndicats ouvriers, il les a protégés, il est leur frère aîné et leur père. On le voit dans les rues parler aux mamans; il a toujours dans ses poches des bonbons pour les petits enfants de « ses enfants ». Il les connaît tous par leur nom. Il est plein d'indulgence et de bonté. Il leur parle d'une voix amicale et emploie les mots graves qu'ils adorent. Ils l'aiment à la folie.

Galmot poté la liberté!
La Guyane ké délivré!
Galmot!

N'est-ce pas — presque — un chant solennel?...

Le 15 mars 1921, quand on portait plainte contre lui et qu'il allait être arrêté, Jean Galmot a écrit à Marcus Gravey, de Harlem, l'initiateur du grand mouvement pan-nègre : « Il faut que la voix terrible du peuple noir, debout dans le même élan, secoue tous les peuples et leur annonce la libération prochaine des 400 millions de noirs, la plus prodigieuse puissance humaine. Je suis avec vous. »

En janvier 1922, sortant de prison, il songe à faire remarquer aux journalistes accourus pour l'interroger que « René Maran, prix Goncourt, est un Guyanais, toutes ses hérédités paternelles son cayennaises. Toute sa famille réside encore en Guyane ».

Lui-même prétend qu'il a du sang créole dans les veines...

Pour sûr que la Guyane est sa véritable patrie, à « papa Galmot ».

C'est peut-être pourquoi, à Paris, on l'a mis en prison?...

Mystère...

Galmot lui-même l'a déclaré à la tribune de la Chambre : « ... Et je sentais qu'il y avait derrière les attaques dont j'étais l'objet, une force mystérieuse, une manœuvre dont je ne pouvais connaître les dessous... »

Comment imaginent-ils cette force mystérieuse, ces créoles, les propres fils des grands mystères?...

Il est assez curieux de constater que dans une époque aussi portée à élucider tout, aussi prête à supprimer le mystère que la nôtre, armée, comme jamais il n'y en eut d'autres, d'instruments et de méthodes d'investigation qui chaque jour permettent de reculer les bornes de l'inconnu et de faire accomplir à la science des bonds prodigieux, il est assez curieux de constater, dis-je, que jamais le mystère ne fut aussi agissant dans la vie que durant la période contemporaine.

On le sent partout, et jusque dans les quotidiens, miroirs de la vie d'aujourd'hui, qu'on dispose et qu'on astique pour que tout y soit clair et logique, vous y découvrez entre chaque ligne, en marge de chaque événement, une dose de mystère qui fait que les actualités les plus simples deviennent compliquées, obscures, comme émanant de forces occultes qui les façonnent et les dirigent...

Aussi écoute-t-on sans broncher des gens qui affirment que le monde moderne est régi par un énigmatique collège de vieux sages qui siègent au fond de l'Inde et qui détiennent nos destinées, ou par les Six Lumières de Sion, ou par un petit homme, dans un petit bureau, à Paris, à Londres, à Berlin, à New York, un petit homme dont les prunelles luisent, qui a une volonté terrible et un cœur qui n'est fait que de chiffres, cotes, millions, milliards, dollars, livres, or, papier, et qui achète tout, mène tout, peut tout. Personne ne les a jamais vus, ni les uns ni les autres, ces terribles Maîtres de la Terre, mais leur présence est si patente que l'on pourrait presque écrire leur biographie. Ce sont eux qui ont tout fait, la guerre, la paix, la révolution..., les tremblements de terre, les épidémies, les naufrages..., comme ils font la crise et les krachs...

Leur vitalité est insatiable.

Ce ne sont peut-être que des larves, mais dans tous les pays du monde, le peuple les accuse de tout.

Et il en a peur.

En Guyane, où on les croit bien vivants, on

les accuse d'avoir jeté un mauvais sort à la
Guyane, d'avoir tendu une *piaye* dans le ciel de
la Guyane.

Et les nuits s'animent...

On se méfie des mauvais sorciers. Il faut lutter
contre ces puissances malfaisantes qui se partagent le monde.

Il faut les contre-attaquer. Prendre les devants,
car on les connaît.

On les nomme.

Choc en retour.

On peut défaire ce qu'ils font, dénouer ce
qu'ils nouent, et les prendre à leur propre
piège.

Le *vaudou* commence...

C'est Galmot qui est le bon génie.

La nuit. Derrière les huttes, devant le four à
pain, dans les granges, dans les clairières, dans les
lieux consacrés. On égorge le cabri. On fait brû-
ler les herbes. On répand l'eau et le sel. Danses.
Exorcismes, Initiations. Chants et danses d'en-
voûtement. On défait les nœuds. On dispose les
cailloux. Tout ce qui est propice...

Des adversaires, il y en a : Hilarion Laroze,
le fossoyeur de Cayenne. Jean Clément, l'âme

damnée, et peut-être Eustache aussi. Et le maire Gober, le représentant des hommes terribles de la Métropole.

« *Mortou tombou miyi! — A moi, les morts dans la tombe!* » tel est leur cri. On le leur fera rentrer dans la gorge! Complot magique...

Paul Morand a consacré un livre à cette magie noire. Mais il faut lire dans *L'Ile magique* de W. B. Seabrook l'histoire de Ti-Joseph du Colombier qui fit travailler les morts dans une plantation de cannes à sucre. Ils étaient « une bande d'êtres en haillons, qui le suivaient d'un pas traînant, l'air hébété et pareils à des automates... ces êtres restèrent l'œil fixe, vide, éteint, telles des bêtes de somme, et ils ne firent point de réponse quand on leur demanda leurs noms ». Ces *zombi* travaillaient sous le soleil, et jamais un mot, jamais une plainte; mais le jour où, par suite d'une erreur grave, on leur donna à manger des fouaces qui contenaient du sel, ils s'aperçurent qu'ils étaient morts et s'enfuirent avec d'horribles cris vers leurs tombes... « Chacun devant la sienne, en grattait les pierres et la terre afin d'y pouvoir rentrer, mais bientôt, à ce contact, tombait comme mort tombe, charogne en putréfaction. »

Encore faut-il avouer que le malin Ti-Joseph n'avait pas eu l'idée d'envoyer ses morts aux urnes voter pour les puissances du mal...

M. Eugène Gober, maire de Cayenne, dame le pion à Ti-Joseph.

Il est sans doute le chef des mauvais sorciers...

Les deux candidats en présence. Deux adversaires. Deux anciens amis. Galmot, Lautier.

Galmot, tout le monde le connaît en Guyane, mais Lautier, qui est-ce?

M. Eugène Lautier... Né à Montpellier, il a gardé du Midi le culte du beau langage, une véritable passion pour la musique, et cet amour de la chair délicate qui est généralement l'apanage des esprits raffinés. Lautier est de ceux qui distinguent l'âge des vins à première gorgée, de ceux aussi qui savent par cœur Virgile, Horace et les poèmes plus vifs de Catulle, de ceux qui peuvent relire Homère dans le texte pour se fournir chez lui d'imprécations à l'adresse de leurs adversaires politiques... En peu d'années, Eugène Lautier est devenu le principal chroniqueur politique du Temps. Placé à ce carrefour, on ne surprendra personne en révélant qu'au-

*jourd'hui Eugène Lautier est un des politiques
de la Troisième République qui connaissent le
mieux les dessous de l'Histoire contemporaine,
les secrets d'Etat et les secrets des hommes
d'Etat. Il n'abuse point de cette science redoutable, il est pour ses ennemis, tout indulgence
comme, pour ses amis, tout affabilité...*

Cette définition, si précise et si nuancée, est
de M. Léon Treich. Elle a paru dans *Les Nouvelles littéraires,* à Paris.

Mais, en Guyane, ce n'est pas la même chose,
tout le monde connaît Galmot, mais Lautier?

Les rôles sont renversés.

Jean Galmot, c'est le candidat sur lequel tous
les partis de la Guyane ont fait bloc, c'est « l'envoyé de la Guyane » que l'on a porté en triomphe, c'est « leur » député, l'homme qui les
connaît tous par leurs petits noms, c'est celui
qui les protège; — à Paris, on l'a traité d'escroc,
d'aventurier, de bandit, d'accapareur, et on l'a
jeté en prison — ici, c'est le bon génie.

Et, ici, le mauvais génie, c'est Eugène Lautier, l'acolyte des hommes mystérieux, l'allié des
mauvaises puissances, l'envoyé du diable, le
grand patron d'Eugène Gober, « ce sale
Nègre! » comme l'appellent ses compatriotes
noirs...

Et les *piayes* de se multiplier.

Officiellement, il n'y aura que des « galmotistes » et des « lautiéristes » en présence...

N'oublions pas que, pour les Guyanais, leurs
droits de vote sont sacrés et que ces mots de
Liberté, Egalité, Fraternité ont encore, pour eux,
un sens divin.

Aussi ripostent-ils avec frénésie à la déclaration des résultats du scrutin, dont Eugène Gober
a été le mauvais sorcier.

Lautier est élu! Lautier est élu!

> *Piaye, piaye,*
> *Choc en retour,*
> *Les maléfices et le mauvais œil.*
> *Ce que tu vois en songe, tu le songes en vie.*
> *Les sucs noirs et l'enfant mort.*
> *Griffe, main morte.*

Au risque de ruiner son prestige, Jean Galmot
ira de nuit défaire les nombreuses *piayes* qui
menacent M. Eugène Lautier. « J'écrirai au président de la République », annonce Jean Galmot
à ses partisans pour les rassurer et les calmer. Et
il accompagnera lui-même M. Eugène Lautier à
bord du vapeur qui va le transporter avec promp-
titude loin de ce pays dangereux. M. Eugène
Lautier ne se doutera jamais du grand risque
qu'il a couru... Peut-être doit-il la vie, ou la
santé, ou le sommeil à son adversaire battu...

Ici commence pour Jean Galmot une période
d'effacement, dont il m'est impossible de décrire
toutes les phases.

L'élection de M. Lautier ayant été validée, je
ne vais pas revenir sur les démarches entreprises
par Galmot pour donner satisfaction à ses chers
Guyanais qui le chargent de remettre à qui de
droit protestations et pétitions. Ces événements
sont récents, on peut consulter les dossiers de
l'affaire ou relire les journaux. Qu'il me suffise
de dire que depuis ces élections, « l'élection des
défunts », la colonie est en effervescence...

Avant de quitter la Guyane, Jean Galmot a
signé, de son sang, ce serment que j'ai déjà cité.

A Paris, il trouvera partout porte close. Ses
protestations font rire. Sa silhouette longue et
courbe passe dans les ministères sans qu'on y
prête attention. Ne s'est-il pas engagé, trop à la
légère, avec « ses enfants » de la Guyane?

Un homme comme Jean Galmot pourra-t-il
jamais connaître la déchéance? Non, n'est-ce pas?

Mais que fait-il? Où est-il? A quoi pense-t-il?

1924. 1925. 1926. 1927.

Il n'a plus rien. Tout a été vendu. Sa campagne électorale lui a coûté tout l'argent qu'il

avait pu rassembler avec l'aide de ses proches. Il voudrait bien recommencer. Il cherche, cherche, cherche, et il ne trouve rien, ni personne. Mais il n'oublie pas...

Il est en Dordogne, parfois, à côté des siens; mais le plus souvent il est à Paris. Il fait des affaires, recouvre d'anciennes créances, gagne, perd, gagne, mais n'a jamais assez d'argent. Il espère. Il attend. Son heure viendra. Il n'oublie pas son serment de fidélité à la Guyane.

Les nouvelles de là-bas sont désastreuses. On persécute ses partisans, on opprime le pays, on le rançonne...

1928 : nouvelles élections.

Cette fois-ci, il faut qu'il aille jusqu'au bout. Coûte que coûte. Il ne peut pas abandonner « ses enfants »...

Il lui faut un homme qui puisse battre ses adversaires avec leurs propres armes... Il songe à ce Georges Anquetil, si chevaleresque au moment de son emprisonnement à la Santé... Il pèse le pour et le contre. Il le sait décidé, courageux, ambitieux, batailleur, ne reculant devant aucun scandale... Il est le maître d'un journal dans lequel il ose tout dire et qui s'attaque aux grands... Il le sait fourni d'argent et d'armes

sérieuses... C'est un professionnel. Il est capable
de répondre du tac au tac aux pires injures...
Oui, Jean Galmot le patronnera là-bas...

A ce moment, la destinée, comme si elle voulait l'avertir, lui assène un dernier coup. Jean
Galmot a trouvé un financier, intelligent,
enthousiaste, séduit, qui a accepté de lui fournir
les moyens de remettre sa maison debout. Il ne
s'agit pas d'un renflouage, mais d'une association
qui permettra de repartir de plus belle, sur de
nouvelles bases, beaucoup plus vastes, beaucoup
plus complètes... Jean Galmot est plein d'espoir.
Il va refaire sa vie. Comment ne pas la réussir?
N'est-il pas cette fois-ci riche de toute son expérience? Il se retirera de la politique pour se
vouer entièrement à cette nouvelle affaire, aux
siens, au bonheur de ses chers Guyanais. Il
ébauche tout un programme économique pour
faire la richesse de ce pays... Ce projet généreux
ne sera jamais réalisé. La mort, la mort de son
commanditaire et associé, foudroyé d'une embo-
lie dans un taxi, remet brusquement tout en
question. Oui, Jean Galmot fera campagne pour
Georges Anquetil en Guyane...

Mais avant de partir, avant, il lui faut se
débarrasser de ce boulet qu'il traîne au pied, de
ces 23 millions d'impôts qu'on lui réclame sans

cesse et qui l'empêchent d'agir, de ce chiffre
calomnieux que ses ennemis lui jettent à la
figure chaque fois qu'il tente de se relever.

Comment fait-il pour payer? Et où a-t-il trouvé
tout cet argent? Je l'ignore encore. Mais le fait
est là. Il a payé.

Le 25 janvier 1928, Jean Galmot effectue
triomphalement, en vrai Don Quichotte, le ver-
sement intégral de la somme.

Exactement : 22 826 930 francs 40 centimes...
Un cadeau pour l'Etat.

Mais lui, a coupé toutes les amarres. Rien ne
retient plus, rien ne l'attache à son passé. Il
n'y a plus rien derrière lui que son Serment et
son Serment l'appelle en avant, en avant!... Il
va recommencer net de toute accusation, complètement libre, fort de toute sa force... Il a une
mission...

Que se passe-t-il donc dans cette tête?

Il part, sans même dire adieu aux siens.

Il est sûr de la victoire.

*« Je jure de lutter jusqu'à mon dernier
souffle... Je demande à Dieu de mourir en
combattant pour le salut de ma patrie, la Guyane
immortelle... »*

XII

EMPOISONNÉ!

Le matin du lundi 6 août 1928, à six heures, le bruit se répand à Cayenne, brutalement, que Papa Galmot est mort, à l'hôpital Saint-Joseph, empoisonné.

Il fait déjà chaud. La matinée est triste et belle.

On a l'impression que le soleil va taper encore plus dur qu'à l'habitude.

Papa Galmot!

C'est impossible!

Il ne faut pas plus de cinq minutes pour que la population entière de la ville se porte devant l'hôpital.

Et là, sur le pas de la porte, ils voient les lieutenants du chef, tête basse, rassemblés et silencieux.

Une épouvantable tristesse pèse sur la foule,
d'où, comme un ferment, commence à monter,
par bouffées, une frénétique douleur.

Il y a des têtes froides et clairvoyantes qui
commencent à rappeler les choses...

Déjà, en 1924, à l'occasion des élections, on
avait arrêté un forçat qui circulait librement
dans la ville et qui remplissait au bagne l'office
de bourreau. On avait trouvé sur lui un poi-
gnard et une grosse somme d'argent, qu'il avoua
avoir reçue pour tuer Galmot... A l'arrivée de
l'*Oyapoc,* sur lequel, disait-on, voyageait Papa
Galmot, un coup de feu avait été tiré, au petit
jour, dans la direction de la passerelle, sur
M. Darnal, un « galmotiste » dont la silhouette
ressemblait à celle du député... A différentes
reprises, les amis de Jean Galmot avaient averti
le Parquet que les adversaires de l'ancien député
avaient annoncé qu'ils se débarrasseraient de
l'homme qui leur donnait tant de fil à retordre...
On reparlait aussi de l'avion qu'on avait voulu
faire couler...

Maintenant, on se souvenait encore de bien
d'autres choses! « Tous les « gobéristes » savaient
que Papa Galmot allait mourir », écrit une
petite fille qui devait avoir douze ou treize ans

au moment de ces événements et qui en a été le témoin oculaire. « Dès le mois de juillet 1928 certains d'entre eux avaient écrit à la Martinique que Galmot était mort. Dans le dernier numéro de leur journal, *Le Progrès,* paru après le départ d'Eugène Gober (et que papa a conservé), ils disaient que Galmot irait bientôt en fantôme conférer avec les députés carton. Le 6 août, les uns avaient commandé des gâteaux, des massepains glacés, d'autres avaient acheté du champagne. Le dimanche, ils disaient aux « gal-« motistes » : « Zott qu'pleuré lundi, la plus belle « en bas la baille » (« Vous pleurerez lundi, le « plus beau est caché »)... Dès le vendredi 3 août, Lama, le maire d'Iracoubo, s'était mis en route pour Trou-Pouson, Sennamary, Malmanany et Kouron pour annoncer à ses partisans que papa Galmot périrait lundi empoisonné par de l'arsenic. Ils burent le champagne, dansèrent au grand ébahissement des « galmotistes » qui se demandaient quel événement pouvait rendre les « gobé-« ristes » aussi gais... Les « galmotistes » eurent le mot de l'énigme le lundi matin à la réception des dépêches. Lama tira des coups de fusil, but encore du champagne, mais les habitants d'Iracoubo l'obligèrent, le fusil à la bouche, à donner sa démission par dépêche, puis, plusieurs d'entre

eux se rendirent au chef-lieu et portèrent plainte
contre cet individu qui savait par qui Papa Galmot avait été empoisonné... »

Voilà ce que se disait cette foule qui commençait à céder à la fureur. Les raisons ne lui manquent pas. Elle se rappelle sans doute d'obscures
histoires de *piayes* jetées contre le député de la
Guyane et dont Hilarion Laroze, le fossoyeur de
Cayenne, et Jean Clément, l'âme damnée, tous
les deux connus comme mauvais sorciers, sont
certainement responsables. Tout le monde sait
que ces deux « sales Nègres » connaissent à mer-
veille les poisons qu'on fabrique avec les herbes
de la forêt, et que leurs incantations sont terribles... Et la petite Adrienne, la servante de
Papa Galmot, n'est-elle pas la propre nièce de
Lama, l'un des acolytes d'Eugène Gober, le
grand sorcier qui a encore fait voter les morts et
qui s'est enfui depuis quelques jours?...

Une fureur immense commence à s'exhaler.
La foule grossit toujours. Et, maintenant, Papa
Galmot n'est plus là pour la calmer, l'apprivoiser! Ces ennemis apprendront bientôt jusqu'à
quel point ils ont été imprudents!...

Citons encore la lettre de la petite Zinette pour en connaître la suite des événements de ce lundi tragique.

Dans toutes les communes de la Guyane, on installa des chapelles mortuaires et l'on fit la veillée de l'idole du peuple dont le corps était représenté par une de ses photographies qui sont dans tous les foyers guyanais. Des messes de Requiem furent chantées à l'heure où l'enterrement se faisait à Cayenne. Le pays entier fut prostré dans la plus grande douleur. Mais bientôt, partout, l'on se ressaisit et le désir de vengeance arma chacun. On accourut de tous les coins du pays vers Cayenne, armé de fusils.

Le lundi matin, alors que chacun était anéanti, que les cris et les lamentations sortaient de toutes les bouches, certains « gobéristes » osèrent provoquer la foule. Celle-ci vit rouge. Alors commença l'effroyable tuerie : femmes, enfants lapidèrent, lynchèrent d'abord Laroze, puis Bourgarel, les poursuivant jusque dans les maisons où ils se cachèrent, les massacrant littéralement; leurs têtes étaient affreuses, leurs corps pantelants. On défendait à quiconque de les ramasser, on crachait sur eux. Laroze fut tué presque en face du commissariat de police. Le commissaire, ceint de son écharpe, et ses agents furent sommés

*de réintégrer leur poste sous peine d'avoir le
même sort que le bandit qu'on venait de tuer...*

*Dans la nuit du 6 au 7 août, la maison de Jean
Clément, celles de Gober, de Tébia furent mises
à sac. Tébia fut tué dans son lit et Jubel dans sa
chambre à coups de revolver. Mme Gober ne
dut son salut qu'en implorant le secours du nouveau maire... Elle aussi avait lundi matin bu le
champagne avec Laroze et provoqué les femmes
de son balcon en disant : « Galmot mouri, a
oune crobo qui mouri » (« Galmot est mort,
c'est un corbeau blanc qui est mort »). Le mardi
matin chacun pouvait se rendre rue de la Liberté
pour contempler épars çà et là les débris de tout
ce que possédaient Gober et Jean Clément. Les
billets de banque oubliés dans quelque armoire,
déchirés; les bijoux et l'argenterie, la batterie de
cuisine écrasés à coups de marteau... On défonça
à coups de hache des barriques de vin, des fûts
de rhum, des caisses de champagne... Les destruc-
teurs pleuraient en disant : « C'était de l'argent
de papa Galmot, détruisons tout, tout... »*

*Jean Clément sortit la cigarette à la bouche,
le parapluie au bras, entouré de la troupe...
L'homme fit à peine cinquante pas qu'il fut
frappé par des femmes. A partir de ce moment
on eût dit un bateau désemparé livré à la tem-*

pête. Il allait les bras levés, suppliant, demandant pitié, sur le trottoir de droite, de gauche;
les moellons l'assaillaient, comme une volée de
moustiques, l'atteignaient à la tempe, à la nuque,
à la tête. Il titubait comme un homme ivre, tombait, se relevait, s'agenouillait, et la foule, prise
d'une sorte de démence, s'acharnait, injurieuse
et écumante de rage... « Il est mort », dit-on, et
on s'embrassait de joie. Alors les soldats lui firent
une civière de leurs fusils et le transportèrent à
la prison... La foule défonça les portes de la prison et de nouveau s'acharna sur leur victime à
coups de bâtons, de chaises et de pavés... Jean
Clément n'était cependant pas mort. Son âme
était chevillée. Il passa une nuit intolérable,
appelant ses parents et amis, il délirait, appelant
papa Galmot, et n'expira que le lendemain... Les
curés refusèrent de recevoir le cadavre et de
faire son enterrement. Vénérable de la « Loge »,
il n'eut pas les honneurs de la franc-maçonnerie.
Les soldats protégeaient le corbillard que le juge
d'instruction précédait le doigt sur la bouche,
faisant signe à la foule de se taire devant la
mort... Dieu! Que cet homme a dû être méchant
dans la vie pour être aussi détesté même après
sa mort!

En résumé, six morts, plusieurs maisons dévas-
tées, les « lautiéristes » forcés de s'embarquer
et de quitter le pays, les « goberistes » obligés
de se cacher ou de se tenir tranquilles. L'aviso
Antarès revint, comme deux mois auparavant, à
l'époque où avait été annoncée la validation de la
deuxième élection de M. Eugène Lautier, et
débarqua 50 fusiliers marins et 50 gendarmes...

C'est la validation de l'élection d'avril 1928
qui avait mis le feu aux poudres.

Le pays était en effervescence depuis 1924.

Eugène Gober avait encore une fois fait voter
les morts. 1 700 ou 1 300 ou 2 100?

Peu importe.

La foule, révoltée, s'était portée devant le
palais du Gouvernement. Elle était en armes. Il
n'était pas possible de se tromper sur ses inten-
tions.

Le gouverneur Maillet perdit-il la tête? Il fit
venir Jean Galmot, et le mit en état d'arrestation.

Galmot riait de cette bévue.

En Guyane, il y a eu quarante gouverneurs en
trente ans. M. Maillet venait de débarquer, il
ne connaissait pas grand-chose au pays.

Par bonheur, il y eut quelqu'un pour faire

comprendre au gouverneur qu'il y allait de sa vie et de la paix publique. Il fut forcé d'accepter les conditions de Jean Galmot et de le libérer. On exigeait la démission du maire Gober et de toute la clique du conseil municipal. Et, naturellement, des élections municipales faites avec la garantie de la légalité...

Pauvre Jean Galmot, Don Quichotte jusqu'au bout! Sa vie ne lui avait-elle donc rien appris, qu'il croyait encore à la légalité?... Jamais il ne se débarrassera de son fond paysan et de sa mentalité honnête de petit bourgeois du Périgord. Il repoussait l'aventure... Pourtant l'occasion était belle.

Il n'avait pas voulu prêter l'oreille aux propositions que lui faisaient depuis quelque temps des « hommes d'affaires » étrangers. On lui aurait fourni des armes et des millions. Il aurait proclamé la République guyanaise, indépendante et autonome. Il aurait pu chasser les fonctionnaires du pays, se mettre sous la protection soit du Brésil, cette mère généreuse des Noirs, soit des U. S. A., gardiens vigilants des libertés sud-américaines. Dans les deux cas, on lui garantissait que la doctrine de Monroe eût joué.

Qu'eussent pu faire les six cents hommes de
troupe de la garnison et l'aviso qui croise habituellement dans ces parages? Et le Gouvernement de Paris, qu'eût-il fait?...

Galmot avait à sa disposition deux cargaisons
d'armes déjà introduites dans le pays, et un
groupe lui promettait le trésor des Romanof... Il
n'avait qu'à vouloir.

Non. Jean Galmot croit encore à la légalité.
Son atavisme l'emporte. Il se battra avec les
armes qui lui sont consenties par la loi. Et il a
raison, dirait-on.

A l'unanimité sa liste est élue au conseil municipal, et lui-même est proclamé maire de
Cayenne.

Mais il démissionne le jour même, le gouverneur lui ayant déclaré que pour assurer la tran-
quillité du pays, il aimerait voir quelqu'un
d'autre à sa place. Et c'est Quintrie qui est élu,
le faux frère...

Jean Galmot continue à être l'homme qui protège ses ennemis, le chef qui de la fenêtre du
palais du gouverneur, cachant les menottes qu'on
lui a mises, apaise par sa douceur la foule qui
hurle à la mort, qui veut le libérer de force...
Il l'apaise d'un mot et d'un geste, lui fait faire

demi-tour et rentrer dans ses foyers. Sa harangue
est belle, mais son geste déçoit.

Qu'attend-il donc?...

Pauvre Jean Galmot, il ignore que son arrêt
de mort est déjà signé...

Pourtant, il en avait eu le pressentiment...
alors, pourquoi ne pas risquer le tout pour le
tout et mourir en action?...

C'est Hilarion Laroze, dit « le Larvré », qui
chantait derrière sa cabane :

> *O Macoumba!*
> *C'est moi qui ai semé les épines au croisement des chemins.*
> *O Bala-cuché, ô Bébérébé, Babarabà,*
> *O Caté-rété, samba de balacabà,*
>   *a é bamba!*

> *O Chango!*
> *C'est moi qui ai répandu le sang de la poule noire farcie de*
> *crottes de cabri.*
> *O Bala-cuché, ô Bébérébé, Babarabà,*
> *O Caté-rété, samba de balacabà,*
>   *a é bamba!*

> *O Chalâ!*
> *C'est moi qui ai pendu au sommet de l'arbre mort le bouc*
> *rempli de fœtus de civettes.*
> *O Bala-cuché, ô Bébérébé, Babarabà,*
> *O Caté-rété, samba de balacabà*
>   *a é bamba!*

Il chante, le sorcier noir, et tout son corps se
contorsionne...

En avril 1928, à peine débarqué dans cette Guyane dont il ne devait plus revenir, Jean Galmot avait adressé à un ami d'Angoulême une sorte de testament, où il disait :

Je n'ai rien au monde, si ce n'est ma femme, mon pauvre fils malade et ma pauvre mère. J'aurais pu vivre heureux, auprès de ceux que j'aime, dans mon foyer. Je l'ai quitté pour venir ici tenir le serment que j'ai signé le 15 mars 1924. Plus que ma vie, j'aime la liberté; plus que toute autre chose au monde, j'aime l'âme de mes amis de la Guyane, j'aime leur âme ondoyante, délicate et compliquée, chevaleresque, féline, où j'ai retrouvé mon hérédité de mollesse. Que sais-je? J'aime la Guyane au point de lui sacrifier ma vie. Je vais sans doute être tué tout à l'heure. Je crois que je serai vengé. Qu'importe, si j'ai rendu la liberté à mon pays!

Mollesse... Voilà le mot... Voilà ce qui l'a empêché d'intervenir les armes à la main... Mais, qui sait, peut-être que Galmot ne vivait déjà plus que pour sa vie intérieure...

Le vendredi 3 août il se sentit pris de malaises étranges et souffrait de la mâchoire. On crut à un abcès dentaire. L'enquête révéla que le rasoir dont il se servait habituellement avait été porté, à son insu, à Hilarion Laroze...

Quand dimanche matin 5 août, après une nuit de douleurs violentes, qu'il avait passée tout seul dans son appartement, sa bonne, Adrienne, étant sortie après lui avoir servi un bouillon le samedi soir, transporté à l'hôpital Saint-Joseph, tordu par les douleurs, il déclara au docteur Rivieraz qui le soignait : « C'est le bouillon créole que m'a donné samedi soir Adrienne! Ils m'ont empoisonné!... »

Ses douleurs étaient atroces. Son agonie fut longue. Il suppliait les sœurs qui l'assistaient de s'en aller, de sortir, de ne pas subir l'horrible spectacle de ses souffrances qui le faisaient se tordre sur le plancher. Il se confessa longuement à Mgr de Lavalle, évêque de Cayenne, et son dernier mot fut : « Ah! les salauds! les salauds! Ils m'ont eu!... »

Le juge d'instruction Mattéï conclut à un empoisonnement, à la suite de l'autopsie, qui avait révélé la présence dans les viscères d'une quantité anormale d'arsenic...

Voici, dans son intégrité, la seule page connue jusqu'à ce jour de *La double existence,* ce livre que Jean Galmot avait terminé bien avant sa

mort et dont le manuscrit a mystérieusement
disparu :

*Recommencer sa vie? Ces mots n'ont pas de
sens...*

*Ai-je choisi ma destinée? Un jour, je suis
parti... une force me poussait. Pourquoi cette
route plutôt qu'une autre? Que sais-je? Sur la
terre élastique mes pas n'ont pas laissé de traces.
La vie se déroulait de chaque côté du chemin,
comme sur un écran de cinéma... La vie grouil-
lante, chaude, semblable au carrefour de la
jungle en sécheresse où les bêtes s'assemblent et
courent en se bousculant, traquées par la soif.*

*Combien d'existences as-tu vécues?... Une
seule?... Alors tu ne connais rien de la vie. Tu
es comme un aveugle repu, assis au bord du
fleuve. Toi, tu peux recommencer ta vie et
choisir le siège où croupira ton âme...*

*Mais moi, j'ai vu sous tous les cieux du monde,
sous les flamboyants rouges des tropiques, sur le
sable des solitudes, j'ai vu les hommes passer en
caravanes, lutter, jouir, s'entr'égorger pour l'argent et l'amour, c'est-à-dire revivre...*

*Mon vieux corps couvert de cicatrices a connu
toutes les gloires, tous les charniers, toutes les
hontes, sous les vents alizés et dans les villes où*

s'entassent les hommes. Je n'ai plus rien à
apprendre de la vie. Pourquoi la recommence-
rais-je?...

Recommencer la vie? Mes yeux éblouis des
chemins n'ont gardé que des images scintillantes
de cauchemar... quarante ans d'un combat de
chaque jour, de chaque heure, contre les fauves
de la forêt tropicale et les fauves humains.
Revoir ce long rêve? Jamais...

« *De qui parles-tu?* »

C'est vrai... un jour une femme est venue... Ce
n'est plus qu'une image agrippée à mon âme,
une phosphorescence, très loin, dans l'ombre
intérieure.

Ses yeux, lumière dans la lumière, sont le seul
souvenir... Pour elle, je voudrais recommencer
la vie. Quel est l'homme qui pour rencontrer
cette femme n'entrerait pas, en pleurant de joie,
sur la route sanglante qui fut la mienne?

Jean Galmot.

Dernièrement, à Londres, parlant de Jean
Galmot avec une des plus importantes person-
nalités de la Cité, un financier qui l'a beaucoup
connu, celui-ci me dit :

« Chez nous, en Angleterre, Jean Galmot eût
été le Cecil Rhodes de la Guyane! »

TABLE

ŒUVRES DE BLAISE CENDRARS

La Main coupée.
Le Vieux Port, ill. de Rouveret.
Rhapsodies gitanes, ill. d'Yves Brayer.
Dan Yack.
L'Homme foudroyé.
Poésies complètes.
Petits Contes nègres pour les enfants des Blancs.
L'Or, ill. de M. Sauvayre.
D'Oultremer a Indigo.
La Vie dangereuse.
Histoires vraies.
Aujourd'hui, essais.
Hollywood, reportage illustré.
Rhum, reportage romancé.
Moravagine, roman.
L'Or, récit.
La Femme et le Soldat.
L'Avocat du Diable, roman.
La Carissima, roman.
Les Paradis enfantins, roman.
Colline des pauvres, chroniques.
Le Lotissement du Ciel.
Bourlinguer.

Traductions :

Du portugais : De Castro : Forêt vierge, 1938.
De l'américain : Al Jennings : Hors la loi, 1936.
De l'anglais : Al Capone, 1931 (épuisé).
De l'allemand : Bringolf, 1930 (épuisé).

Epuisé :

Panorama de la Pègre, 1935.   La Fin du Monde, 1919.
Vol a voile, 1932.   Séquences, 1912.
Une nuit dans la forêt, 1929.   La Légende de Novgorode, 1909.
L'Eubage, 1926.

Hors commerce :

Comment les Blancs sont d'anciens Noirs, Paris, 1942.

Edition saisie et détruite par les Allemands :

Chez l'Armée anglaise, reportage de guerre, avec des photographies;
Corréa, éditeur, Paris, 1940.

IMPRIMÉ EN FRANCE PAR BRODARD ET TAUPIN
7, bd Romain-Rolland - Montrouge - Usine de La Flèche.
LIBRAIRIE GÉNÉRALE FRANÇAISE - 14, rue de l'Ancienne-Comédie - Paris.
ISBN : 2 - 253 - 03156 - 9